Mira Morton

Carol's Christmas
Ein Weihnachtswunder für die Liebe

Die Autorin

Mira Morton ist das Pseudonym einer Österreicherin, die sich äußerst ungern auf einen Geburtsort oder gar ein Geburtsjahr festlegen lässt. Ihre bisher erschienenen erfolgreichen romantischen Komödien bescherten Mira allerdings den Titel *Principessa* – verliehen von treuen Leserinnen für die Selbstverständlichkeit, mit der sie völlig emanzipiert ihre Prinzessinnenseite auslebt.

»Ich will nichts anderes als unterhalten. Mich selbst, während ich schreibe und an einem neuen Roman fast verzweifle, und meine Leserinnen, wenn sich – wie durch ein Wunder – diese Liebesgeschichte plötzlich in ihren Köpfen wie ein Film liest. Wenn es mir gelungen ist, dass sie lachen und hin und wieder eine Träne verdrücken, dann war es jede Tasse Kaffee, jede durchwachte Nacht und jedes Tränensäckchen unter den Augen wert«, sagt Mira über ihren Anspruch an ihre Liebesromane.

Und tatsächlich hat Mira Morton einen Hang zu Geschichten à la Hollywood: Sexy, mit geheimnisvollen Millionären (von Filmstars bis hin zu Designern), umwerfenden Schauplätzen (Karibik, Malediven, Maui ...), aber vor allem mit modernen Frauen, die nicht in allen Belangen perfekt sein müssen. All dies gehört für sie unbedingt dazu.

Miras Botschaft lautet »Keep on dreamin'!«, da es für sie nichts Schöneres als die unendliche Welt der Fantasie und Bücher gibt.

www.miramorton.com

Email: principessa@miramorton.com

Instagram: @mortonmira

Facebook: www.facebook.com/MortonMira

Alle bisher erschienenen Romane von Mira Morton

Einzelromane:

›**Frühstück in Venedig**‹ – Wien, Venedig, Los Angeles

›**Nur aus Liebe, Flamingo**‹ – Providenciales, Karibik

›**Ich schreib dich einfach weg**‹ – Malediven, Wien, Köln, Karibik

›**Unter den Flügeln deiner Seele**‹ – Wien, Andalusien

›**Mitten ins Herz versegelt**‹ – Mödling, Segeltörn in Kroatien, Maui

›**Immer wieder er**‹ – Wien, Neusiedler See

›**SOS! Versenkt den Milliardär**‹ – Mittelmeerkreuzfahrt (Teil 1 der Sieben-Sommersünden-Serie), Malta, Griechenland

›**Weihnachten ist nichts für schwache Nerven**‹ – Wien

›**Carol's Christmas. Ein Weihnachtswunder für die Liebe**‹ – Wien, ein kleines Dorf in den Bergen – nach Charles Dickens ‚A Christmas Carol‘

»Miami Girls«-Reihe:

›**Verliebt ist auch verrückt**‹ (1) – Wien, Miami, Las Vegas

›**Solitaire. Liebe doch nicht inbegriffen**‹ (2) – Namibia, Miami

»Marry me«-Zweiteiler:

›**Eine Singlehochzeit zum Verlieben**‹ (1)

›**Zwei Singleflitterwochen zum Verlieben**‹ (2)

Die beiden Romane gehören zusammen!

»Secrets-Geheimnisvoll verliebt«-Serie:

›**Verbloggt. Ein Milliardär auf der Couch**‹ (1) – *Emma* – Wien, Steiermark

›**Bon Bini. When Love rocks**‹ (2) – *Riki* – Wien, Bonaire in der Karibik

›**Herzknistern. Blind verliebt im Pulverschnee**‹ (3) – *Marlene* – Wien, Kitzbühel

»Hollywood Love Story«-Serie:

›**Ich will kein Autogramm**‹ (1) – Wien, Barcelona

›**Ich will keinen Bodyguard**‹ (2) – Karibik (Saint Lucia, Mustique)

›**Ich will keinen Champagner**‹ (3) – Wien, Mallorca

›**Ich will keine Geschenke**‹ (4) – Los Angeles, Mexiko

›**Ich will keinen Hollywoodstar**‹ (5) – Los Angeles, Bahamas

Jeder Roman der Serie ist in sich abgeschlossen. Die Serie hat jedoch die gleichen Hauptprotagonisten Mara und Aiden.

Mira Morton

Carol's Christmas

Ein Weihnachtswunder für die Liebe

Roman

1. Auflage, Juni 2020

PINK CROWN Edition

Kontakt:
Mag. Sabine Lengyel-Sigl
Richard Wagner-Gasse 9b, 2340 Mödling, Österreich
info@resipsychology.com

Texte: Mira Morton
Satz: János Rudolf
Endlektorat und Korrektorat: Martina König

Coverdesign:
Mira Morton & János Rudolf
Bildmaterial:
© ShotPrime Studio - shutterstock.com, ID:1072198460
(woman, fashion, coat)
© Lillac - shutterstock.com, ID:602516111
(Winterhaus auf Winterschneepanoramalage)
© Volodymyr Burdiak - shutterstock.com, ID:115761982
(Christmas tree)
© Evdokimov Maxim - shutterstock.com, ID:273920570
(Shiny red satin ribbon on white background)
© Anteromite - shutterstock.com, ID:140870722
(Weihnachtsgebäck und Glasdekoration einzeln)
© Stephanie Zieber - shutterstock.com, ID:340112324
(türkisblauer glänzender Hintergrund)

ISBN: 978-3-9519-8093-5

Für all jene, die mit dem Herzen sehen.

Fröhliche Weihnachten!

Der Tag vor dem Heiligen Abend

Die können sich warm anziehen. Was soll denn das? Kaum bin ich zwei Tage wegen eines Meetings außer Haus, schon toben sich meine Mitarbeiter in meinem Büro aus.

Ich hasse Kerzen. Speziell zu Weihnachten. Nebstbei bin ich ziemlich sicher: Diesen Feiertagskult hat ein arbeitsscheuer Underperformer erfunden, nur um noch ein paar Tage zusätzlich frei zu haben. Reichen denn nicht die Wochenenden? Ich kann mir gut vorstellen, dass es diese Sorte von Menschen selbst in grauer Vorzeit gegeben hat.

Überall im Büro haben meine weihnachtssüchtigen Mitarbeiter Weihnachtsdeko verteilt. Die hängen an dem Weihnachtskitsch wie Schwerkranke am Tropf. Kein Wunder: Alles, was von der Arbeit ablenkt, finden sie gut. Kein Problem, die *Sugar-Mama* bin ich. Oder wer überweist hier am Ende jedes Monats diese horrenden Gehälter für Schlapfen-Fetischisten?

Außerdem: Das Zeug passt nicht zu den modernen weißen Lackmöbeln in meinem Büro. Gold und Rot? Wenn sie wenigstens Blau, Weiß und Silber gewählt hätten. Aber Geschmack kann man nicht kaufen.

Die Teelichter auf Arthurs Schreibtisch, die mit den Gewürznelken drinnen, sind samt der bereits trockenen Tannenzweige und einiger Christbaumkugeln auf die Füße meines Angestellten gefallen. So ein Pech aber auch, dass ich sie mit meinem unechten Pelzmantel erwischt und vom Tisch gefegt habe.

»Das tut mir aber leid«, sage ich schnippisch.

Arthur, Architekt wie ich, sieht mich angepisst an. Mit seinen fünfundvierzig Jahren wäre es dringend Zeit, sich von Hausschuhen in der Arbeit zu verabschieden. Wie sieht denn das zur schwarzen Jeans und dem schwarzen T-Shirt aus?

»Sicher. Nichts anderes habe ich von dir erwartet, Carol«, mault er, während er sich bückt, um die Scherben der kleinen goldenen Kugeln aufzuheben. Ein paar davon stecken in seinen Socken. Sein Problem. Könnte mir mit meinen Stiefeln nicht passieren.

Ich ignoriere, dass er sich weitere drei Minuten Pause auf diese Art und Weise herausgeschlagen hat, und gehe durch das Großraumbüro weiter in Richtung meines eigenen. Natürlich hätte ich den direkten Weg über den Gang in mein Büro nehmen können, aber es ist ganz gut, wenn meine Angestellten wissen, dass ich anwesend bin.

Ist ja ekelig. Mir fällt auf, dass das gesamte Großraumbüro nach einer Mischung aus Zimt, Vanille und ... Tod riecht.

Ja, genau.

Danach stinkt es.

Nach Sarg, Weihrauch und Kirche.

An diesem Eindruck ändern die Tannenzweige sowie die Baumkugeln, die sie daneben drapiert haben, auch nichts. Im Gegenteil. Das letzte Mal, dass ich so viele Kerzen gesehen habe, war zu Carolines Begräbnis. Vor über fünf Jahren. Tja, meine Zwillingsschwester hat es vorgezogen, sich aus diesem Leben zu verkrümeln. Feiner Zug von ihr. Hat mich auf drei Großprojekten und der größten Cashflow-Krise, die unser Architekturbüro je zu bewältigen hatte, sitzen lassen. Einfach so.

Schluckt drei Packungen Schlaftabletten.

Ich hasse sie.

Krisen sind da, um gemeistert zu werden. Gescheiter zu werden. Vielleicht geschickter. Auf jeden Fall, um aus ihnen als Siegerin hervorzugehen. Nicht als Leiche. Caroline hätte ja verdammt noch einmal abwarten können, wie es ausgeht. Mir und meinem Verhandlungsgeschick vertrauen. Sie hat gewusst, dass uns die Bauherren Geld schulden, und deren Mängelrügen sich irgendwann in Luft auflösen würden. Es war nur eine Frage der Zeit bis ihnen die Ausreden ausgehen, und sie das uns zustehende Geld nicht mehr zurückhalten können. Aber nein. Meine Schwester hat keinen Bock mehr gehabt. Das hat sie in ihrem Abschiedsbrief ausführlich dargelegt. Und dass sie unter Depressionen gelitten hat. Was mich kalt erwischt hat. Schließlich war sie das Unterhaltungstalent von uns beiden. Die Lustige. Über mich sagt das bestimmt niemand.

Nur ein Wort hätte Caroline sagen müssen. Ein einziges Wort. Ich wäre da gewesen. Aber nein. Nicht meine Schwester. Sie haut einfach ab. Löst sich von einem Tag zum nächsten in ein großes, schwarzes Nichts auf.

Und was ist am Ende herausgekommen? Wir sind das erfolgreichste Architekturbüro Österreichs. Nicht nur das. Jeder auf der ganzen Welt kennt unseren Namen: *C&C Violet*. Carolines und Carolas Veilchenblau. Wobei ich das ›a‹ von ›Carola‹ mittlerweile gestrichen habe.

Carol klingt internationaler. Mondäner. Carola bloß alt und verstaubt. Und wehe, jemand nennt mich Caro, so wie es meine Schwester und unsere Freunde früher getan haben. Der legt zur Strafe eine Sondernachtschicht ein.

Was haben wir damals gelacht, als uns irgendwann während des Studiums dieser dämliche Name für die Firma eingefallen ist. Tja. Nun ist er ein Synonym für moderne, nachhaltige Architektur. Steht für organische Formen und eine Abkehr vom Kubismus.

Ich öffne die weiße Altbau-Flügeltüre zu meinem Büro. Das ist jetzt nicht wahr, oder? Selbst auf meinem riesigen Schreibtisch thront ein Adventkranz. Auf den vier Fenstersimsen liegen Tannenzweige verstreut herum. Dazwischen stehen Kerzen. Das ist zu viel.

»Esther!«, brülle ich.

Meine Assistentin schießt zur Türe herein.

»Ja, Chefin?«

»Ich geb dir zehn Sekunden. Dann ist der gesamte Weihnachtskram samt der tausend Kerzen unten in der Mülltonne.«

Esther zupft an ihrem roten, kurzen Rock. Der gestrickte Pulli mit dem Norwegermuster in den Farben Grün, Weiß und Rot und einem riesigen Rentier über der Brust soll wohl auch ein Statement pro Weihnachten sein. Wundert mich nicht, Esther war immer schon ein Weihnachtsfreak. Zu Ostern verhält sie sich allerdings nicht anders. Wegen ihrer Backkünste musste ich früher nach diesen Festen eine Woche lang fasten. Aber diese privaten Treffen habe ich abgestellt.

Esther läuft rot an, verharrt aber in Untätigkeit.

»Lass uns doch endlich wieder einmal *richtig* Weihnachten feiern«, jammert sie daher.

»Sicher nicht. Kein Mensch braucht Weihnachten.«

Ich deute ihr, schleunigst den Adventkranz, den vermutlich sie auf meinem weißen Schreibtisch deponiert hat, zu entsorgen. Wofür bezahle ich Esther denn, wenn ich den Dreck am Ende selbst wegräumen soll? Noch dazu, wo ich ihn nicht verursacht habe.

»Okay, okay. Aber sag, Carol, wäre es denkbar, dass wir heute alle ein wenig früher Feierabend machen können? Du weißt ja, morgen ist der vierundzwanzigste und manche von uns haben noch nicht einmal Zeit gehabt, Geschenke einzukaufen. Das wird morgen sonst echt knapp.«

Ich sprenge beinahe meine schwarze Designerbluse beim Einatmen. Okay. Die Knöpfe sind noch dran. Was gut ist, denn die Luft brauche ich zum Schreien.

»Ja gehts noch, Esther? Reichen nicht schon die gesetzlichen Bestimmungen? Wer, glaubst du, bezahlt am Monatsende die Gehälter? Die Sozialversicherung? Die Steuern? Deinen Lohn?«

Esther starrt mich an. Ihre Augen glänzen feucht. Zumindest sieht es so aus. Ist jedoch schwer zu sagen, da sie eine Brille trägt.

Wenigstens dreht sie sich jetzt um und geht hinaus. Ich schätze, sie holt einen Mistsack aus der Teeküche. Wird auch Zeit.

Ich setze mich an meinen Computer und fahre ihn hoch. Heute und morgen muss ich den Entwurf für das weltweit erste Hotel mitten in einer Lagune in der Karibik fertigstellen. Das Restaurant liegt unter Wasser, die Zimmer beginnen über der Wasserlinie. Es wird traumhaft schön. Ich verstehe meine Leute nicht. Vierzig Männer und Frauen. Alle dürfen an den tollsten Bauprojekten auf dieser blauen Kugel mitarbeiten, und was wollen sie?

Frei haben.

Shoppen gehen. Dafür hat man jemanden, der das erledigt, aber seis drum.

Und sie verzehren sich nach diesem Kitschfest, als sei es das Einzige, das in diesem Leben zählt.

So ein Schwachsinn. Aber nicht mit mir.

Wenigstens habe ich meine beiden Haushälterinnen aus Tschechien schwarz beschäftigt. Die beschützt kein Arbeitsinspektor. Daher habe ich Katerina und Zuzana verboten, übers Wochenende nach Hause zu fahren. Das nächste freie Wochenende ist in sieben Tagen und ich sehe nicht den geringsten Anlass, von unserer Vereinbarung auch nur einen Millimeter abzugehen. Geheult haben sie. Irgendetwas von ihren Männern und Kindern dahergefaselt. Wirklich sehr unangemessen.

Esther stöckelt mit einem Kaffee für mich und dem Müllsack zurück in mein Büro. Im Schneckentempo schiebt sie den ganzen Plunder hinein und versucht mir ein schlechtes Gewissen durch böse Blicke zu machen.

»Esther, Zeit ist Geld. Also Tempo, wenn ich bitten darf. Oder glaubst du, ich gebe neuerdings Geld für lebende Skulpturen aus?«

Sie funkelt mich aus ihren grauen Augen an.

»Nein. Keine Sorge, Frau Chefin. Auf die Idee käme hier wirklich niemand.«

Kurz fixiert sie mich. »Nicht mehr.«

Das will ich überhört haben, und mit Nachsicht darf auch nur Esther bei mir rechnen. Wir kennen uns ewig und früher war sie meine beste Freundin. Aber das hat sich von selbst erledigt. Mit Freunden zu arbeiten ist ohnehin Schwachsinn.

Ich konzentriere mich wieder auf den Bildschirm.

»Dann ist es ja gut«, kommentiere ich ihre spitze Bemerkung, ohne sie anzusehen.

Ich nehme einen Schluck vom Kaffee.

Und spucke ihn in die Tasse zurück.

»Der schmeckt ja wie Abwaschwasser. Willst du mich vergiften?«

»Entschuldige, das muss an der Kaffeemaschine liegen. Wir sollten eine neue anschaffen.«

»Sicher nicht. Die ist noch nicht einmal abgeschrieben.«

Esther nimmt meine Tasse. Im Nacken spüre ich, dass sie hinter mir stehen geblieben ist. Ich drehe mich um.

»Ist noch etwas?«

»Ja. Es geht um unseren Praktikanten. Daniel.«

Ich versuche mich an sein Gesicht zu erinnern.

Ach. Ich weiß schon. Sie spricht von diesem Flüchtlingsburschen, den sie eingestellt hat. Für die Praktikanten ist Esther ganz allein zuständig. Da kann schließlich wenig schiefgehen. Kopieren und Pläne falten kann echt jeder.

Da ich der Einfachheit halber alle meine männlichen Praktikanten Daniel und alle weiblichen Daniela nenne, verschwimmen sie vor meinem inneren Auge immer ein wenig. Wie sieht der jetzige Daniel genau aus?

»Was ist mit ihm?«

»Der ist wirklich sehr knapp bei Kasse. Und morgen ist doch Weihnachten. Kannst du ihm nicht einen kleinen Vorschuss auf seinen ersten Lohn geben? Oder einen kleinen Bonus? Du weißt, er arbeitet wirklich total brav. Und gut.«

Ich habe sie ausreden lassen, auch wenn es mir schwergefallen ist. Aber jetzt schlägts dreizehn.

»Ja bin ich eine Wohltätigkeitseinrichtung? Gibts keine Nebenjobs mehr? Soll er doch irgendwo Rasen mähen.«

»Carol! Wien ist tief verschneit. Wo soll der Arme denn Rasen mähen?«

Ist das jetzt mein Problem?

»Dann soll er eben Schnee schaufeln. Oder, keine Ahnung, irgendwo kellnern.«

»Wie kann man zu Weihnachten nur so hartherzig sein?«, schnaubt sie.

Genug ist genug.

»Hör mal, Esther. Du bist seit über zehn Jahren bei mir und kennst mich gut genug. Also: Lass mir meine Sicht der Dinge und feiere daheim, was du willst. Aber nicht hier. Nicht in meinem Büro. Nirgendwo in meinen vier Wänden. Und das Wort Bonus kenne ich nicht. Haben wir uns verstanden?«

»Ja. Leider.«

Wieder schickt sie mir einen ihrer Blicke, die sich in mein Herz bohren sollen. Ich kenn sie. Aber er prallt an mir ab.

»Und was diesen Daniel betrifft: Du kennst meine Einstellung. Meins oder deins. Und seine Geldsorgen sind eindeutig seins.«

»Aber du zahlst ihm doch einen Hungerlohn, und das für fünfzig Stunden die Woche. Was soll der Arme denn noch alles machen? Demnächst kippt das arme Bürschchen sowieso um.«

Ich hyperventiliere.

»Raus!«, schreie ich sie an.

Sie murmelt irgendein Schimpfwort, aber es interessiert mich nicht, denn glücklicherweise dampft Esther mit dem Müllsack in der einen und meiner Tasse in der anderen Hand ab und schließt meine Bürotüre hinter sich.

Endlich Ruhe im Kabäuschen. Wird aber auch Zeit.

Meinen nächsten Rundgang durch die zwei Großraumbüros mache ich dann in einer Stunde. Jetzt muss ich bei diesem Entwurf endlich etwas weiterkommen.

Mein Handy läutet.

Wer stört denn nun wieder?

Oh. Meine Nichte. Carolines Tochter Nina. Die Göre ist sechzehn und meldet sich, wenn es hoch hergeht, zwei Mal im Jahr. Ich heb ab.

»Was ist, Nina?«, fahre ich sie an.

»Hallo, Tante Carol. Ich wollte dich fragen, ob du nicht mit mir und Papa morgen Weihnachten feiern magst?«, fragt sie mich.

Wenigstens spricht sie schnell. Ob Nina am Ende verstanden hat, wie kostbar meine Zeit ist? Aber was soll das jetzt? Seit fünf Jahren haben sie mich nicht mehr zu Weihnachten eingeladen. Warum jetzt?

»Braucht irgendwer Geld? Denn wenn ja, lautet meine Antwort Nein.«

Sie kichert am anderen Ende.

»Was gibts da zu lachen?«

»Tante! Echt jetzt! Papa ist doch selbst reich. Der braucht dein Geld nicht.«

Wann ist denn das passiert?

»Eintausend Euro am Konto mögen für dich als Teenager ein Grund sein, die Schule zu schmeißen und zu glauben, dir gehöre die Welt. Aber unter reich verstehe ich definitiv etwas anderes.«

»Ich bin ja kein Baby mehr!«, schnaubt sie. »Glaubst du, ich kapiere nicht, was du gemeint hast? Du hast ja keine Ahnung, Papa verdient genug!«

Wann hat sie denn mit diesem Widersprechen angefangen? Das sollte sie sich tunlichst wieder abgewöhnen. Wo sind wir denn?

»Na wunderbar. Und womit, wenn ich fragen darf?«

»Der baut ein tolles Hotel in Wien.«

Meine Herren! Das *Emperor Gardens* ist sein Entwurf! Hätte ich mir gleich denken können. Na ja, meine Auffassung von reich und jene meiner Nichte unterscheiden sich tatsächlich grundlegend. Aber Hundert- oder Zweihunderttausend wird mein Schwager für seine Entwürfe und die Planung schon bekommen haben.

Portokassa.

Egal.

»Kommst du nun morgen oder nicht?«, blafft mich meine Nichte durchs Smartphone an.

Frechheit.

»Nein.«

»Und warum nicht?«

»Weil Weihnachten Stumpfsinn ist. Ausgedacht, um die einen in den finanziellen Ruin zu stürzen und die anderen in den emotionalen. Und ich verzichte auf beide Möglichkeiten.«

»Dir hat ja einer ins Hirn geschissen.«

Ich springe unwillkürlich auf. Ja gehts noch?

»Sag, wie zum Teufel sprichst du denn mit mir, Fräulein?«

»Gar nicht mehr.«

Komisch, sie legt nicht auf.

»Sehr gut, dann muss ich mir deine proletenhafte Wortwahl auch nicht länger anhören. Wir sprechen uns im nächsten Jahr wieder.«

Wobei? Vielleicht lieber erst, wenn Nina fünfundzwanzig ist und diese Pubertät mit an Sicherheit grenzender Wahrscheinlichkeit übertaucht hat?

»In deinem Leben hörst du mich nie mehr wieder!«, brüllt sie durchs Telefon.

»Auch gut.«

»Du bist das Letzte.«

Ich lege auf.

Perfekt. Damit hätte ich dann alle Pflichttelefonate zu Weihnachten erledigt und kann mich ganz auf mein Projekt hier konzentrieren. Schließlich kann ich nicht den ganzen Tag lang nur mit meiner Nichte oder Männern quatschen, bloß weil sie sich das einbilden. Und es ist bereits Nachmittag. Diese Geschäftsessen hasse ich. So was von sinnlos. Aber kaum spielst du nicht mit, bekommst du auch keine Aufträge mehr.

Nolan kommt mir wieder in den Sinn. Nolan Schuman, der Witwer meiner Schwester, soll vermögend sein? Kann ich mir beim besten Willen nicht vorstellen. Als wir beide Nolan kennengelernt haben, war er der feuchte Traum aller Frauen an der Uni. Und superfaul. Ehrgeiz hätte er erst im Wörterbuch nachschlagen müssen.

Kein Wunder, Nolan war einer von den Künstlertypen. Caroline und ich haben hier Architektur an der Technischen Uni studiert. Das ist das einzig wahre Studium. Nolan dagegen hat Architektur an der Uni für Bildende Künste studiert. Da hat er auch eindeutig besser hingepasst. Dort glauben sie, mit einer bunten Zeichnung sei ein Bauprojekt geritzt. Statik kennen sie nur vom Hörensagen und überhaupt haben die keine Ahnung von Bauphysik oder sonst irgendetwas. Aber Bilder malen, das können sie. Und Frauen aufreißen.

Speziell Nolan war da sehr begabt. Mit ›Bei euch sind ganz eindeutig die interessanteren Girls‹ hat er mir damals erklärt, warum er sich jeden Tag vor unseren Hörsälen herumgetrieben hat statt vor seinen eigenen. Warum habe ich mich überhaupt von ihm ansprechen lassen? Erst durch mich hat er meine Schwester kennengelernt.

Ob er nun Geld hat oder nicht, Nolan kann mir gestohlen bleiben. Reicht schon, dass auch er mich anstandshalber so ein bis zwei Mal im Jahr anruft und mit Belanglosigkeiten malträtiert.

Schluss jetzt.

Jetzt wird gearbeitet.

In der Villa

Viele Stunden später ...

Ich knalle meine Autotür zu und gehe hinauf ins Erdgeschoss meiner Villa. Meine hohen Absätze klackern auf den Steinstufen. Durch die hohe Glaswand sehe ich, dass mein Vorgarten komplett verschneit ist. Ich hasse Schnee. Wenigstens komme ich damit von Tiefgarage zu Tiefgarage nicht in Berührung.

Allein deshalb liebe ich meine Villa. Sie ist perfekt geworden. Im letzten Jahr habe ich sie bauen lassen und sie spielt alle Stückerln. Vollautomatisiert, elegant und praktisch. Alles hat seinen Platz, kein unnötiger kleingeistiger Kitsch und große Räume. Nur ein paar Elemente dürfen verspielt sein. Wie zum Beispiel die Biedermeier-Kommode in meiner Eingangshalle. Ich werfe meinen Schlüssel in den großen Teller, der auf dem Holzmöbelstück steht. Wie immer.

Ich gebe zu, ich habe ein Faible für Antiquitäten. Der Mix aus alt und sogar einen Tick verspielt und andererseits modern, aber schlicht hat mich schon seit jeher fasziniert.

Was? Schon nach elf Uhr abends? Zuzana und Katerina sind längst hinten in ihrer Wohnung. Eine Einliegerwohnung für Angestellte zu bauen war einer meiner Lichtblitze. Sie haben einen eigenen Eingang und nerven mich nicht mit ihrer Anwesenheit, wenn ich heimkomme.

Ich drehe mich um und gehe in Richtung der Treppe, die in den ersten Stock führt. Vor dem zwei mal zwei Meter großen Acrylbild meiner Schwester und mir halte ich inne. Wie jeden Abend.

Plötzlich verspüre ich Lust, laut mit ihr zu sprechen. Das habe ich noch nie ausprobiert. Soll ich?

Wer solls mir verbieten?

»Du hast gut lachen, stimmts?«, fauche ich unser Porträt lautstark an.

Oh. Das fühlt sich gar nicht einmal übel an.

Ich betrachte unser Bild. Da sind wir. In inniger Umarmung und übertrieben bunten Farben. Aber gut erwischt. Sie als Lebensfrohe. Was für ein Irrtum! Der blonde Engel mit den blauen Augen. Mutters Gene. Ihre Locken fallen bis auf die Schultern, sie erinnert an eine nordländische Waldfee.

Daneben ich. Der schwarze Teufel mit den kohlrabenschwarzen Augen und den kaum zu bändigenden, sich permanent kräuselnden Locken, die bis an den Busen hinabreichen. All das habe ich den ägyptischen Genen meines Vaters zu verdanken. Mein Gesicht mutet griechisch an. Definitiv ist meine Nase zu lang, speziell wenn man sie neben Carolines süßem Stupsnäschen betrachten muss. Und wie ernst mich Nolan abgebildet hat. Also so böse schaue ich sicher nie.

Auf jeden Fall hat niemand, der uns jemals zusammen gesehen hat, glauben können, dass wir Zwillinge sind. Sind wir aber. Zweieiige selbstverständlich.

Und ich bin die Ältere. Immerhin um siebenundzwanzig Minuten.

Und die Größere. Um fünf Zentimeter.

Und ich lebe. Der wohl größte Unterschied zwischen uns beiden.

Caroline starrt mich an. Von oben herab.

Mein Bauch knurrt.

»War das deine Idee, mir dein Töchterchen an den Hals zu hetzen?«

Meine Schwester schweigt, aber es macht Spaß, sie anzukeifen.

»Klar, du musst nichts sagen. Du warst immer schon feig. Zu feig fürs Leben. Und jetzt willst du mir ein schlechtes Gewissen machen, oder was?«

Mir bleibt für einen Moment die Luft weg. Ein sehr seltsames Gefühl beschleicht mich.

Grinst sie anders als sonst?

»Hör sofort damit auf. Das ist ja gruselig.«

Ich dreh mich weg. Morgen hänge ich das Bild ab. Warum habe ich Nolans Porträt von uns überhaupt erst aufgehängt? Entbehrlich, diese Sentimentalitäten.

›Es war nicht so, wie du denkst, Caro.‹

Bin ich am Durchdrehen? Ein eisiger Schauer nach dem nächsten jagt durch meinen Körper. Als habe jemand eine Fernsteuerung, mit der er meinen Körper bedient, wende ich mich wieder unserem Bild zu.

»Spinnst du? Willst du mich zu Mutter ins Irrenhaus treiben?«, schreie ich sie an.

Das kann ja nicht wahr sein. Reicht es nicht, dass unsere Mutter aus lauter Gram über Carolines Freitod mit schwerer Demenz in einem Pflegeheim gelandet ist? Will sie mich jetzt auch noch in den Wahnsinn treiben?

Ihre Umrisse leuchten mit einem Mal in Gold. Auf dem Porträt wirke ich klein und unscheinbar neben ihr. Was passiert hier? Und wieso höre ich eine Stimme in meinem Kopf? Noch dazu nennt mich heute niemand mehr Caro. Niemand.

›Kehr um, in Gottes Namen. Du bist nicht mehr du selbst, Schwesterherz.‹

Okay. Sie kann nicht sprechen. Ihr Körper ist mausetot. Verbrannt. Sie hat doch nicht einmal mehr einen Mund. Also bilde ich mir ihre Stimme ein. Ob ich in den letzten Tagen zu wenig geschlafen habe? Das wird es sein.

›Ich habe so viele Fehler gemacht, Caro. Aber du, du hast die Chance, es besser zu machen. Hör auf, mich zu hassen. Lass mich gehen und lass wieder Leben in deinen Körper. Deinen Geist. Beginn wieder zu lachen, zu weinen und vor allem zu lieben, Caro!‹

»Halt den Mund«, brülle ich, eise mich von ihrem Anblick los und renne die Treppe hinauf.

Mein Herz schlägt so laut, als wolle es Umbauarbeiten in meinem Inneren veranstalten. Mein Atem ist kurz und kommt in Stößen. Kleine, schwarze Punkte tanzen vor meinen Augen. Machen es schwierig, den Türknauf fürs Badezimmer aufs erste Mal Hingreifen zu erwischen.

Unbändige Wut kocht in mir.

Ich hasse dich so sehr, Caroline. Aber das jetzt, das war ein Übergriff. Eine Vergewaltigung meines Denkens. So nicht. Mit mir nicht!

Ich stürze ins Bad und reiße mir meine Lackstiefel von den Beinen. Sie landen im Eck. Jetzt noch mein schwarzes Kostüm. Die Bluse. Sehr gut. Ich knalle alles auf den Boden und springe unter die Dusche.

Heiß.

Heiß ist gut.

Ich zittere trotzdem.

Nicht denken.

Das war alles bloß pure Einbildung. Vielleicht, weil sie mich heute alle mit ihrem Weihnachtsgesäusel genervt haben.

Bestimmt. Das ist es.

Langsam erreicht die Wärme des Wassers meine Haut. Ich stehe da und lasse mich berieseln. Das Einzige, worauf ich achte, ist, dass meine Haare nicht nass werden. Ich werde sie morgen waschen. Heute habe ich keine Lust, sie anschließend eine halbe Stunde lang föhnen zu müssen. Ich werde nämlich sofort schlafen gehen. Morgen ist auch noch ein Tag. Nachdem morgen Freitag ist, werden sich meine lieben Mitarbeiter ohnehin am frühen Nachmittag trollen. Klar. Wie immer bleibe ich die Feiertage über allein über den Plänen sitzen. Unsere Arbeitszeitgesetze sind ja ärger als im Kommunismus. Und was geht einen einfachen Angestellten schon eine Einreichfrist an? Oder was kümmert ihn ein Abgabetermin bei einer Ausschreibung? Wenn ich nicht dahinter wäre: rein gar nichts.

Allerdings, wenn sie dann daheim einen Christbaum abfackeln, wollen sie natürlich sehr wohl, dass ihnen Feuerwehr und Rettung zu Hilfe eilen. Was wäre denn, wenn dort auch alle vermelden, dass sie keine Zeit hätten, weil sie unter dem Baum ein Weihnachtsliedchen mit ihrer Familie trällern müssen? Nein, da ist das okay, wenn über die Feiertage gearbeitet wird. Nur in meinem Büro nicht.

Die Moral dieser Welt ist doppelbödig. Und jeder sucht sich das Schlupfloch, das ihm gerade in den Kram passt. Aber so geht das nicht.

»Ahhh!«

Heiß zu duschen, hat was.

So ein Blödsinn aber auch. Jetzt habe ich mir doch tatsächlich eingebildet, Carolines Stimme gehört zu haben. Lachhaft.

Habe ich zugesperrt?

Hm. Ich steige aus der Dusche, trockne mich ab, schlüpfe in meinen Pyjama und gehe wieder hinunter.

Nein. Ich werde keinen Blick an unser Bild verschwenden. Krampfhaft sehe ich in die andere Richtung. Morgen sage ich Zuzana und Katerina, dass sie es abhängen sollen. Ich habe schon gewusst, dass das keine gute Idee ist, als ich es hier aufgehängt habe. Warum habe ich nicht auf meinen Bauch gehört? Alle anderen Erinnerungen an Caroline und Papa habe ich auch entsorgt. Na ja, nicht alle. Einige stecken in Kisten unten im Keller. Aber sie sind außer Sichtweite.

Papa! Der hat mir zwar auf unübersehbare Weise seine Gene vererbt, aber im Gemüt war er wie meine Schwester. Oder sie wie er.

Herzinfarkt. Hat sich wie sie von einer Sekunde auf die nächste aus dem Leben geschlichen. Und wir beide sind dagestanden. Zwei frischgebackene Architektinnen mit Träumen, die an den Schulden seines Büros, das er uns großzügigerweise kurz zuvor überschrieben hatte, zerschellt sind. Umgerechnet in etwa eine Million Euro. Aber wir haben es hinbekommen. Mit Teamgeist und Disziplin. Und dann? Beim nächsten Lüfterl gelangt Caroline zur Ansicht, das schaffen wir nicht?

Verdammt. Ich habe immer alles geschafft, und das hat sie gewusst.

So. Jetzt ist die Türe abgesperrt. Sicherheitshalber aktiviere ich die Alarmanlage. Mach ich sonst nie. Aber wer weiß.

Doch. Das Bild muss weg.

Morgen.

Ich werde wieder nach oben gehen. Ein paar Stunden zu schlafen wird mir guttun. Schließlich will ich morgen den Entwurf fertig bekommen.

›Caro, hör auf mich. Ich muss dich warnen. Geld zählt nichts, nur die Liebe tut es. Ich weiß, wovon ich spreche. Ändere dich, bevor es zu spät ist.‹

Ich baue mich vor dem Bild auf und stemme meine Fäuste in die Hüften.

»Wer glaubst du, dass du bist? Du willst mir Angst einjagen? Pffh. Vergiss es.«

›Sei nicht so stur, bitte. Sonst muss ich drei Geistwesen bitten, dich heute Nacht zu besuchen, um dir das klarzumachen.‹

»Ja, freilich. Geistwesen! Sonst noch was?«

Ich ignoriere die Scheißangst, die soeben versucht, es sich in meinem Inneren gemütlich zu machen. Den Schüttelfrost ebenso.

Ich rase nach oben.

Klatsche drei Mal. Das Licht geht automatisch aus und ich decke mich zu.

Ich habe wirklich keine Lust, durchzudrehen.

Aber ich muss mir eingestehen: Ich spreche mit mir selbst.

Zwar auf eine nicht nachzuvollziehende Art und Weise, aber doch. So ein Schmarrn. Das ist unwürdig. Ich muss das wegblenden.

Ich werde nicht austicken.

Nein. Ich nicht. Auch wenn das ganz offensichtlich wie ein Fluch über meiner Familie hängt. Aber ich bin stärker als sie alle.

Carols Blick auf vergangene Weihnachtsfeste

Ich halte es nicht aus und stehe wieder auf. Schlafen funktioniert mit einem Puls von über hundertdreißig einfach nicht.

Zwei Mal klatschen: Licht an.

Was mache ich jetzt? Am besten, ich lenke mich mit einem Buch ab. Aber zuerst hänge ich das dämliche Porträt von uns beiden ab. Wird Zeit, schätze ich.

Ich husche bei Festbeleuchtung die Stiegen hinunter. Sicher ist sicher. Wobei?

Ich bremse meinen Schritt ein. So ein Blödsinn. Vielleicht bin ich doch nur überarbeitet. Ja. Eventuell schlafe ich in letzter Zeit wirklich zu wenig und da ist es kein Wunder, wenn der Kopf einmal verrücktspielt. Das kennt man doch. Kaum will man sich erholen, schon drehen sich die Gedanken im Kreis. Nur wenn man sie beschäftigt und fokussiert, hat man sie im Griff.

Oh. Das Bild hängt aber extrem hoch! Zum Glück habe ich eine Leiter im Keller.

Ich laufe einen Stock tiefer. Das ist sportlicher, denn an und für sich habe ich einen Lift einbauen lassen. Für später einmal. Wenn ich alt bin. Wer weiß, was kommt.

Ah, da ist sie ja. Ich schnappe mir das Aluteil und nehme nun doch den Lift hinauf ins Erdgeschoss. Die Türe geht auf und ich stelle mich mitsamt der Leiter direkt vor das Gemälde.

Meine Leiter wackelt gefährlich. Nur nicht fallen.

Ups. Mit einem dumpfen Knall landet das Porträt am Boden. Aber es dürfte nichts passiert sein.

Die Leiter stelle ich zur Seite.

Wohin jetzt mit dem Bild?

Das kann ich mir morgen überlegen. Ich lehne es mit der bemalten Seite zur Wand. Soll meine Schwester doch die Mauer anstarren. Das hat sie sich redlich verdient.

Ja, das fühlt sich doch gleich besser an. Und es wird für heute reichen. Morgen entsorge ich die Leinwand.

Na ja, ich kann es ja zur Not erst einmal im Keller lagern.

Ich husche wieder in den ersten Stock. In meine Bibliothek.

Was für ein Anblick.

Nicht, dass ich eine Leseratte wäre. Dafür fehlt mir die Zeit. Aber Bücher sind schön. Vor allem meine. Das haben die Leute vom Antiquariat, die ich beauftragt habe, mir die Kirschholzregale voll zu räumen, richtig gut gemacht. Die Bücher, die ich schon besessen hatte, haben sie dazwischen gestellt.

So. Und was lese ich jetzt? Ich ziehe ein Buch mit einem dunklen Lederumschlag aus einer der oberen Reihen heraus.

»Aua!«

Ein Buch vom Regal darüber ist mir auf den Kopf gedonnert und am Boden gelandet.

Ob das eine Beule wird? Ich reibe mir die Stirn, knie mich aber hin und hebe es auf.

Oh. Was ist denn das?

Der Umschlag ist dunkelgrün und zwei Cs in Gold stehen vorn drauf.

Ein Fotoalbum? Aber ich habe doch alle meine Alben im Keller in einer Kiste. Ob das eines von Caroline ist?

Ich schlage es auf.

Mein Gott. Das sind ja Kinderfotos von uns.

Mein Herz klopft wild. Da sind wir beide. Caroline und ich. Vor der Wohnzimmertüre im Haus unserer Eltern. Ich erinnere mich. Wir haben gelauscht und wollten unbedingt das Christkind sehen. Aber der Raum war versperrt. Ich glaube, wir haben Stunden vor der Türe ausgeharrt. Mein Gott, wir sehen richtig herzig aus. Mama hat uns in zwei dunkelblaue Kleidchen gesteckt, mit farblich passenden Riemenschuhen. Dazu Strumpfhosen in Pink! Die Farbe ist auf dem Mist meiner Schwester gewachsen. Ich hätte Rot bevorzugt.

»Das Christkind kommt sicher gleich«, sagt meine Schwester und lutscht vor lauter Aufregung am Daumen.

»Sei still! Wenn wir so laut sind, dann können wir es nicht hören«, ermahne ich sie.

Wir zwinkern einander zu.

Okay. Mama ist in der Küche und Papa irgendwo unterwegs. Jetzt oder nie!

Line fasst mich an der Hand, drückt sie und wir schleichen an die Türe. Gleichzeitig legen wir ein Ohr an das Türblatt.

Mein Herz bleibt stehen.

Tatsächlich. Da raschelt etwas. Ganz eindeutig!

»Hörst du das?«, flüstert meine Schwester.

Ich lege einen Finger auf meinen Mund. »Pssst!«

Aber ich nicke.

Mir ist heiß vor Aufregung. Doch ich muss es tun.

Ich beuge mich zum Schlüsselloch und spähe.

Line zupft an meinem blauen Kleid. Ich schlage ihre Hand weg.

»Hör auf«, zisch ich.

»Siehst du was?«

Ich schüttle den Kopf.

»Lass mich auch«, quengelt sie hinter mir.

Obwohl ich nichts sehe, kann ich mich nicht vom Schlüsselloch trennen. Das Christkind ist in unserem Wohnzimmer! Direkt vor meiner Nase. Und ich kann es nicht sehen. Das kann ja nicht sein.

Mir ist zum Heulen.

Line schubst mich unsanft zur Seite.

»Jetzt bin ich dran«, faucht sie.

»Okay, okay. Aber sei leise.«

Ich lege wieder mein Ohr an die Türe. Während sie durchs Schlüsselloch starrt, fällt mir auf, dass direkt hinter uns Engelshaar am Boden liegt.

Das war vorhin noch nicht hier.

Ich erstarre. Ist das möglich? Das Christkind war direkt hinter uns und wir haben es nicht bemerkt?

Jetzt zupfe ich an meiner Schwester.

»Schau! Es war hinter uns!«

»Wow«, sagt sie mit großen Augen. »Es ist an uns vorbeigeflogen!«

»Ja!«

»Lauscht ihr etwa?«, tadelt uns Mama, die plötzlich vor uns steht.

»Nein«, erwidert Caroline schnell. »Aber schau, Mama. Das Christkind war hier.«

Sie deutet auf das Engelshaar auf dem Parkettboden unseres Vorzimmers.

Mama lächelt.

»Natürlich, meine Engel. Aber kommt jetzt zu mir in die Küche. Ich mache euch Kakao.«

Sie nimmt uns an den Händen und zieht uns weg. Ein wenig wehre ich mich. Caroline, normalerweise immer für einen heißen Kakao, möglichst mit Schlagobers, zu haben, will das Vorzimmer ebenso wenig kampflos verlassen wie ich.

»Kinder, wenn ihr hierbleibt, dann kann das Christkind doch nicht in Ruhe den Christbaum und die Geschenke herrichten. Wollt ihr das?«

»Nein!«, sagen wir gleichzeitig und leise. Wir wollen es keinesfalls verschrecken. Nicht das Christkind!

»Eben. Wir trinken jetzt Kakao und essen ein paar Vanillekipferl dazu. Ist das eine Idee?«

»Ja, Mama.«

Wieder sind meine Schwester und ich einer Meinung. Aber an Lines Blick sehe ich, dass sie, so wie ich, nichts lieber täte, als ins Wohnzimmer zu schlüpfen. Wir müssen einen Weg finden, endlich das Christkind zu sehen. Aber erst einmal sind ein Kakao, Weihnachtskekse und vielleicht eine Runde ›Mensch ärgere dich nicht‹ auch okay.

Plötzlich löst sich Carolines Kopf auf dem alten Weihnachtsfoto auf. Mein Gott! Mir ist eine Träne entwischt. Schnell tupfe ich das Fotopapier mit meinem Pyjamaoberteil trocken.

Aber ihr Gesicht ist nicht mehr zu erkennen.

»Entschuldige«, flüstere ich tonlos.

Meine Brust tut weh, in meinem Kopf pocht alles und meine Wangen fühlen sich heiß an. Doch ich blättere wie ferngesteuert in dem Album weiter.

Da hocken wir beide. Unter dem Christbaum. Es ist dasselbe Weihnachtsfest. Mama und Papa sitzen auf dem Sofa daneben. Oma dürfte das Bild aufgenommen haben. Dreizehn Weihnachten hat sie mit uns gefeiert. Dann ist sie an Krebs gestorben.

Ja. Damals waren wir glücklich. Vielleicht war das die schönste Zeit meines ganzen Lebens. Was haben wir uns nicht ein Jahr später alles einfallen lassen, um am Ende doch noch das Christkind zu Gesicht zu bekommen. Ich glaube, da waren wir dann beide sechs Jahre alt.

Caroline hat sich am Vormittag sogar von mir in einem der Wohnzimmerschränke einsperren lassen, um das Christkind zu sehen. Ich habe mich hinter dem schweren, dunkelroten Vorhang versteckt gehabt. Leider hat uns Mama entdeckt. Und wieder haben wir das Christkind nicht zu Gesicht bekommen.

Ich klappe das Album zu. So ein Schmarrn!
Ich lasse mich nach hinten auf den dicken Teppich fallen.

Wie dumm diese Sentimentalitäten doch sind. Die Uhr läuft nur in eine Richtung: vorwärts. Es ist Zeitverschwendung, sich mit der Vergangenheit zu beschäftigen. Genauso sinnlos, wie sich Gedanken darüber zu machen, was irgendwann in der fernen Zukunft sein wird. Was zählt, ist, sich hier und jetzt den Arsch aufzureißen und das, was man kann, gut zu machen. Besser zu machen als jeder andere.

Ein Weihnachtsalbum hat sie angelegt. Dafür hat Caroline anscheinend Zeit gehabt. Ich fasse es nicht.

Niemand in meinem Alter glaubt ans Christkind. Mit zweiundvierzig Jahren sind die meisten froh, wenn sie ohne Herzkasperl ein Weihnachtsessen auf den Tisch bringen und der Christbaum nicht vor den leuchtenden Augen der nächsten Generation lichterloh in Flammen aufgeht. Egal welche Wege das Schicksal dem Leben aufgezwungen hat, in meinem Alter sind doch alle miteinander nur mehr konsumgesteuerte Laiendarsteller der modernen Inszenierung von Weihnachten. Und die Kleinen müssen bloß in die Schule kommen, dann ist es vorbei mit dem Glauben an das Weihnachtsmärchen. An Weihnachtswunder.

Manche wie ich sind am Ende sogar sauer, dass man sie jahrelang so an der Nase herumgeführt hat. Lächerlich haben Caroline und ich uns gemacht. Das Christkind wollten wir sehen. So ein Stuss.

Warum habe ich das Album überhaupt durchgeblättert? In einer Zeit, wo Kinder glauben, das Christkind sehe wie der Coca-Cola-Mann aus und fahre einen roten Mehrtonner, braucht doch echt keiner mehr auf die Tränendrüse zu drücken und so zu tun, als könne man ohne diesen Wahnsinn nicht auch gut leben.

Besser leben. Weil stressfrei.

Das sag ich seit Jahren. Wie recht ich doch habe.

Oh, schon kurz vor ein Uhr. Jetzt muss ich aber wirklich ins Bett. Mit Schwung stehe ich auf.

Oder auch nicht.

Wieso kann ich mich nicht bewegen? Nicht aufstehen?

Himmel!

Oder träum ich das alles nur? Hm. Das könnte natürlich sein. Ich habe schon einmal irgendwo einen Artikel über luzides Träumen gelesen. Da hat man zum Traum noch eine weitere Bewusstseinsebene hinzugeschaltet, die meint, man sei wach.

Aber ich träum ja gar nichts, ich denke nur. Wie immer.

Mit einem Mal spüre ich eine Heidenangst meinen Rücken emporkrabbeln, die sich wie eine Horde Vogelspinnen anfühlt.

Meinen Nacken und meine Brust erreicht.

Hilfe!

Keinen Mucks kann ich meinen Stimmbändern entlocken.

Was soll das denn jetzt?

Etwas neben mir scharrt am Parkettboden. Klingt wie Hufe, die irgendwo kratzen. Aber auf einem Holzboden ist so ein Geräusch eigentlich gar nicht möglich.

Die Luft um mich herum verdichtet sich. Nimmt Form an. Sieht wie die Waben eines Bienenstocks aus. Kleine Luftpakete flirren in meiner Bibliothek.

Oh Gott! Kommen die Wandregale auf mich zu?

Ich muss weg.

Krampfhaft versuche ich meine Arme zu heben.

Es geht nicht.

Aufsetzen gelingt auch nicht.

»Ah!«

War ich das?

Was ist denn das für eine Fratze?

Mitten im Raum hüpft ein Gesicht auf und ab. Zwei feuerrote Augen starren mich an. Mir bleibt die Luft weg.

Atmen.

Ich muss atmen.

Am Ende ist das jetzt ein Herzinfarkt und ich sterbe gleich?

Bitte nicht. Ich will noch nicht sterben.

Die Fratze kommt näher und direkt auf mich zu. Plötzlich lacht sie.

Laut.

Hysterisch.

Gruselig.

Ich bin sicher: Mein Herz ist stehen geblieben. Einfach so.

Ich bin schon gestorben.

Plötzlich verliert sich das Gesicht in kleinen gelben und roten Funken und ein Teil der nach wie vor wabernden Luft strömt dunkler als der Rest auf mich zu.

Umhüllt mich.

Ich kann noch denken, also lebe ich noch. An diesen Gedanken muss ich mich klammern.

Ich will weglaufen. Schreien. Einen Alarm auslösen.

Wozu bezahle ich Angestellte, wenn ich dann hier elendiglich und allein verende?

Aber ich bin nach wie vor unfähig, mich zu rühren.

Mit einem Mal werde ich hochgehoben. Zuerst an den Beinen, dann folgt mein restlicher Körper.

Der Plafond meiner Bibliothek löst sich auf. Ich sehe das Weltall. Schwarz und sternenlos ist der Himmel über mir.

Eine Kraft zieht mich nach oben. Ich sehe meinen Körper am beigen Teppich unter mir liegen. Ein goldener, sehr dünner Faden verbindet mich mit ihm.

Plötzlich erfasst mich ein Wirbel.

Wo bin ich?

»Caro? Huhu, nicht träumen! Holst du mir bitte noch einen Topflappen aus der Küche? Dieser Teller ist so heiß, ich kann ihn nicht angreifen.«

Das ist meine Schwester!

Und sie lebt?

Ich sehe mich um. Tatsächlich. Wir sind in Carolines Ess- und Wohnzimmer. Am Christbaum brennen die Kerzen, darunter liegen geöffnete Geschenke und Berge an zerrissenem Geschenkpapier. Die Bescherung war also schon. Nina, meine Nichte, stürmt auf mich zu. Sie ist elf.

Jetzt weiß ich es! Das war das letzte Weihnachtsfest mit meiner Schwester.

Mein Herz schlägt, als wolle es sich einen Weg an die Oberfläche bahnen. Ich stehe noch immer starr neben dem großen Holztisch. Liebevoll ist er gedeckt. Gemeinsam haben Line und ich hier am Nachmittag goldene Kerzen, kleine Namensschilder und jede Menge Engel drapiert. Carolines Mann Nolan sitzt am Stirnende und schenkt Rotwein aus dem Dekanter in die Gläser. Zwei Sessel weiter macht sich Constantin an einer Wasserkaraffe zu schaffen und schenkt alle Gläser voll. Er ist Nolans bester Freund und wie ich Single. Seit Jahren feiern wir gemeinsam Weihnachten.

Kurz hält er mit einem leeren Glas in der Hand inne und sieht zu mir herüber. Seine hellblauen Augen strahlen mich an. Er zieht eine Augenbraue nach oben und vertieft sich wieder ins Wassereinschenken. Ich ertrage es kaum. Seit Jahren liebe ich ihn. Er mich vielleicht auch. Aber wir sprechen nicht darüber. Wir treffen uns auch nie nur zu zweit. Immer ist irgendjemand dabei. Nina zerrt an meinem Arm.

»Komm, Tante Caro.«

»Jaja.«

Sie schleift mich in die Küche, wir schnappen uns jede einen Topflappen, natürlich in Dunkelrot mit einem goldfarbenen Rentier drauf, und gehen zurück zu den anderen.

Ich nehme neben Constantin Platz. Meine Schwester beginnt damit, den gefüllten Truthahn auf die Teller zu verteilen. Nolan verteilt die Zuspeisen. Süßkartoffeln und Gemüse. Auf dieses

Essen besteht mein Schwager, schließlich hat er amerikanische Wurzeln, aber wir freuen uns alle jedes Jahr darauf.

Endlich haben alle ihren Turkey vor sich. Nun fassen wir uns an den Händen und meine Schwester ruft fröhlich: »Meine Lieben! Lasst es euch schmecken und fröhliche Weihnachten!«

Im Kanon erwidern wir »Fröhliche Weihnachten« und stoßen mit Rotwein an. Nina mit Cola. Das darf sie ausnahmsweise. Sonst ist meine Schwester streng und meistens wird pures Wasser getrunken. Nina nimmt einen großen Schluck und stürzt sich auf den Truthahn. Meine Mama sitzt mir gegenüber und schweigt, da sie, wie jedes Jahr zu Weihnachten, mit den Tränen kämpft. Ich drücke kurz ihre Hand.

»Mama, iss was. Papa wäre sicher stolz auf uns, dass wir so schön gemeinsam Weihnachten feiern.«

Mein Vater hat Weihnachten, wie alle anderen besonderen Anlässe, geliebt.

Sie nickt, wischt sich noch eine Träne aus dem Augenwinkel, dann aber steckt sie sich eine Gabel voll Truthahn in den Mund. Sehr gut. Den ganzen Tag über konnte sie vor lauter Aufregung nichts essen. Das wird sie jetzt beruhigen.

Es ist so schön! Ich liebe Weihnachten. Aber das habe ich immer schon. Nur in der Volksschule habe ich eine kurze Krise damit gehabt. Aber die hat sich schnell wieder gelegt. In meinen Augen gibt es kein Fest, das magischer ist. Und egal, ob ich an das Christkind geglaubt habe oder eben nicht mehr, ich kann richtiggehend fühlen, dass jenseits des Kitschs etwas an dieser Nacht anhaftet, das mit diesem kleinen Kind unter dem Sternenhimmel Bethlehems zu tun hat. Auch wenn wir vor dem Fest denken, wir müssten noch dies und wir müssten noch das, und uns allen die Zunge heraushängt: Kaum sitzen wir unter dem Baum, kaum ertönt ›Stille Nacht, heilige Nacht‹ und kaum liest unsere Mutter – wie jedes Jahr – die Weihnachtsgeschichte vor, legt sich eine Stille, ja, eine Erhabenheit gepaart mit Freude und

Dankbarkeit, wie ein sanfter Hauch über unsere Herzen, die ich das ganze Jahr über so nie spüre.

Mit einem Mal wird alles in mir demütig.

Leise, und doch fröhlich.

Gespannt, und doch ergeben gelassen.

Es ist Weihnachten. Was kann uns da schon passieren, außer dass uns Liebe übermannt?

Wie zufällig berührt Constantins Hand meine, da er über mich hinweg zum Salzstreuer greift. Der kleine Blitz, der durch meinen Körper jagt, lässt meinen Kopf in seine Richtung schnellen. Für einen Moment verhaken sich unsere Blicke und ich verliere mich in der Wärme, die seine Augen jedes Mal ausstrahlen, wenn er mich ansieht. Ob wir vielleicht nach diesem Essen, später dann, wenn Nina bereits im Bett ist, endlich einen Schritt weiterkommen? Ich wünsche mir nichts mehr. Verdammt. Ich liebe ihn. Mit all seinen Fehlern. Und die hat er. Wie ich auch. Aber seit ich ihn kenne, und das fühlt sich an wie ewig, ist er das Zentrum meines Denkens. Meines Verlangens.

Wegen ihm habe ich Florian den Laufpass gegeben. Ohne zu wissen, ob Constantin meine Gefühle überhaupt jemals erwidern wird.

Träume von ihm. Jede Nacht.

Constantin ist dieses kleine, wärmende Flämmchen, mit dem ich morgens aufwache, und das lodernde Feuer der Lust, wenn ich abends einschlafe. Tagsüber erinnern mich Orte, die jemand erwähnt und an denen er gerade ist oder war, an ihn. Dinge, die er mag. Sätze, die von ihm hätten sein können. Auch wenn wir uns oft wochen- oder monatelang nicht sehen, weil er andauernd unterwegs ist. Er ist bei mir.

Ständig.

Und ich gönne ihm den Erfolg von Herzen. Mittlerweile ist er einer der gefragtesten Industrial Designer weltweit. Er kann sich seine Projekte aussuchen. Dahin möchte ich mit unserem Büro auch kommen.

»Das Kleid steht dir fantastisch«, murmelt er in meine Richtung.

Wenn er wüsste! Mindestens fünf Mal habe ich mich heute umgezogen, bis ich mich entschieden habe. Nun ist es ein goldfarbenes Cocktailkleid mit tiefem Ausschnitt und passenden High Heels dazu geworden. Nur für ihn.

»Danke«, raune ich ihm zu.

Sprich einfach weiter, Constantin. Nimm mich an der Hand und entführe mich. Sag mir unter den Mistelzweigen, die Caroline im Vorraum über dem Eingang zum Wohnzimmer aufgehängt hat, dass du mich liebst. So sehr, wie auch ich dich liebe.

Bitte.

»Nolan, manchmal frage ich mich, wie du eine so bezaubernde Frau, eine so hübsche Schwägerin und dann noch eine so attraktive Schwiegermutter verdient hast. Von deiner süßen Tochter einmal ganz zu schweigen.«

Nolan grinst.

Sollte das jetzt ein Kompliment an mich sein?

Wieso muss er immer so kryptisch daherreden?

Plötzlich verschwimmen Constantins Gesichtszüge. Ich werde gewaltsam nach oben gezogen, auch wenn ich meinen Körper unter mir noch sehen kann.

»Nein!«, schreie ich.

Ich will nicht weg. Doch auch hier schwebe ich mit einem Mal über ihnen allen. Höre mich selbst noch lachen und sehe, wie meine Schwester Constantin und mich schmunzelnd beobachtet. Selbst meine Mama hat alles mitbekommen und zwinkert Caroline zu. Wie vorhin auch hat sich die Decke des Raumes in Nichts aufgelöst und ich steige zum Himmel empor.

Mit einem Mal ist mir saukalt. Ich schwebe so hoch über ihnen, dass ich sie nur mehr schemenhaft sehen kann. Hin und wieder bahnt sich noch ein Lacher durch die schwere, dicke Luft, die mich umgibt. Aber auch diese verlieren sich jetzt in der Unendlichkeit um mich herum.

Ich muss zu mir kommen. Und zwar ganz schnell.

Das ist alles nur ein schlimmer, böser Traum.

Konzentriere dich, Carola!

Ich habs. Ich liege sicher auf dem Teppich in meiner Bibliothek und muss mich nur aufsetzen.

›Setz dich auf! Du schaffst das‹, motiviere ich mich, denn ich habe das Gefühl, keinerlei Kontrolle über meinen Körper zu haben.

Mit einem Ruck probiere ich es.

Ich habs geschafft!

Okay. Da ist mein Bücherregal, unter meinem Po der Teppich. Ich bin im Pyjama. Alles normal.

Keine Fratze weit und breit zu sehen. Ich bin erleichtert.

Nur mein Herz klopft laut und stolpert ein wenig.

Was um Himmels willen war das?

Das war kein Traum.

Dummerweise bin ich felsenfest davon überzeugt.

Ich weiß, wie sich Träume anfühlen. Wenn nicht ich, dann niemand. Ich war Meisterin des Träumens, wenn es um Constantin ging.

Hat das sein müssen? Alles nur wegen dieses blöden Albums. Wo kommt es denn überhaupt her? Morgen werde ich Zuzana und Katerina die Leviten lesen. Nur eine von ihnen kann das Album aus dem Keller geholt und in mein Regal gesteckt haben!

Zum Glück glaub ich nicht an diesen übersinnlichen Stuss, sonst müsste ich annehmen, mich hat soeben ein Dämon entführt.

Ich höre ein Gekicher in meinem Kopf.

›Ja, Schwesterherz. Das war er: dein Dämon des letzten Heiligen Abends vor meinem Tod. Dass er kein Engel ist, liegt allein an dir. Du warst es, die ihm Türe und Tor geöffnet hat, hier zu erscheinen, da dein Herz zu Eis gefroren ist.‹

Weg.

Ich muss aus der Bibliothek weg. Könnte ich, würde ich mein vergangenes Leben ungeschehen machen. Streichen. Vergessen.

Wieso heute?

So toll habe ich alles im Griff, und jetzt diese gedanklichen Ausrutscher? Bilde mir ein, mit meiner toten Schwester zu sprechen. Sie zu hören. Und dann redet sie auch noch so einen Mumpitz daher.

Sehe einen Dämon.

Reise in die Vergangenheit.

Mein Hirn ist überfordert. Und zwar auf besorgniserregende Weise.

Aus jetzt.

Ich krabble auf und laufe in mein Schlafzimmer. Das Album kann ich morgen zurück in den Keller bringen. Oder eine meiner Angestellten soll es machen.

Im Schlafzimmer angekommen, klatsche ich wieder drei Mal kurz in die Hände. Das Licht im ganzen Haus geht aus. Meine Haussteuerung funktioniert wenigstens tadellos. Auf Maschinen ist eben mehr Verlass als auf Menschen.

Aber ob ich jetzt einschlafen kann?

Ich höre, dass ich laut schluchze. Auch das ist nur ein Zeichen von Erschöpfung.

Überlastung.

Eine völlig normale Reaktion.

Könnte jedem passieren.

Das drück ich weg. Schlimmer ist, was gerade in mir passiert. Mit einem Mal ist nämlich alles wieder präsent: die Trauer um meine Schwester. Um meinen Vater. Meine Mama. Meine Liebe für Constantin, die ich bewusst nach Carolines Tod abgewürgt habe. Die Wut, dass es niemals mehr wieder so sein wird wie an jenem Weihnachtsabend. Der Hass, dass ich lebe, und Line nicht. Der Zorn, dass Constantin sich nach Carolines Tod nicht mehr angestrengt hat, den Kontakt zu mir aufrechtzuerhalten. Entschwindet im Nirwana, bloß weil ich ein paar Mal nicht abgehoben habe, als er angerufen hat. Wie schwach von ihm. Dabei habe ich ihn eine Zeit lang noch gegoogelt. So bin ich, zumindest was seine Projekte betroffen hat, up to date geblieben. Irgendwann habe ich selbst das eingestellt. Keine Ahnung, wo er steckt und was er macht. Ist mir auch einerlei. Eine Schwere erfasst mich und zieht mich förmlich nach unten. Hinein in meine Matratze. Die Bilder in meinem Kopf lösen sich auf. Ein paar seltsame Gefühle bleiben. Vor allem ein Anflug von Angst. Ich hasse das.

Carols Blick auf das diesjährige Weihnachtsfest

Was? Schon sechs Uhr in der Früh? Oh Gott, ich fühle mich wie tot.

Ich taste nach meinem Handy, denn der Buzzer meines Weckers hört nicht von allein auf. Ich tippe auf ›Alarm off‹.

Bitte?

Es ist erst eins in der Früh?

Aber ich hab doch den Wecker nicht umgestellt? Der geht immer um sechs Uhr ab. Das ganze Jahr über. Selbst wenn ich irgendwo im Ausland bin.

Ich klicke auf die Settings für den Alarm.

Dass meine Augen groß geworden sind, kann ich spüren. Da steht es, quasi weiß auf blauem Hintergrund: Alarm um 06:00 Uhr.

Dennoch zeigt mein Handy ein Uhr an.

Ob das ein böses Vorzeichen ist und demnächst gibt mein Handy den Geist auf? Akkus sind schon abgebrannt. Wer weiß, wie das beginnt?

Ich klatsche zwei Mal, das Licht geht an, und gehe schnurstracks mit dem Handy nach unten in die Küche. Sicherheitshalber lege ich es in die Spüle. Da sie trocken ist, kann nichts passieren. Außerdem ist mein Spülbecken aus beigem Granit, daher kann es im Ernstfall auch kein Feuer fangen, selbst wenn sich mein Handy selbst abfackelt.

Die Uhr auf meinem Backrohr zeigt ebenfalls ein Uhr. Auch die auf der Mikrowelle. Na super.

Dann stelle ich eben den Wecker auf dem Tablet. Ich habe in jedem Stockwerk eines in einer Wandhalterung. Dient der Haussteuerung.

Mein Hals ist ganz rau. Ich muss was trinken. Im Kühlschrank steht eine Flasche Mineralwasser. Sehr gut.

»Ahhh!«

Das Glas hab ich mir vor lauter Durst gespart. So. Flasche zurück in den Kühlschrank und ab ins Bett. Dieser Albtraum muss ja auch einmal ein Ende nehmen. Mein Handy nehme ich doch wieder mit. Es wird ja nicht gleich explodieren.

Langsam gehe ich in mein Schlafzimmer zurück. Im Gang nehme ich aber doch das Tablet aus der Halterung, tippe schnell auf ›Uhr‹ und stelle mir den Alarm. Sicher ist sicher.

Endlich lande ich wieder im Bett. Nach wie vor fühle ich mich wie gerädert.

Wie kann man nur so einen Nonsens träumen wie ich, just bevor ich aufgewacht bin? Ich mag nicht an meine Schwester denken. Generell nicht an früher. Schon gar nicht an Constantin.

Nein. Ich werde nicht in der Bibliothek nachsehen, ob es dieses Album gibt oder nicht. Wenn ja, könnte ich die Wahrheit nicht ertragen. Wenn nein, dann wäre ich irgendwie enttäuscht. Ich muss dieses Nichtwissen aushalten, auch wenn das bestimmt keine meiner Stärken ist. Dieses Talent habe ich bei Constantin völlig aufgebraucht.

Schnell klopfe ich mir noch meinen Daunenpolster zurecht. Jetzt aber. Ich klatsche wieder in die Hände. Das Licht erlischt.

Mein Daunenpolster ist herrlich flauschig. Ich ziehe mir die Decke bis unters Kinn.

Wie kann man an nichts denken? Ich weiß es nicht. Dabei kenne ich bestimmt jede Menge Menschen, deren Augen so leer werden können, dass ich davon überzeugt bin, sie schaffen es in diesen Momenten, an rein gar nichts zu denken.

Aber wie geht das?

Vielleicht sollte ich ein Lied summen?

Aber welches?

Mir kommen nur Weihnachtslieder in den Sinn. ›Little Drummer Boy‹ und ›Peace on Earth‹. Das war mein absoluter Favorit. In der Version von Bing Crosby und David Bowie.

Nein. Sicher kein Weihnachtslied.

Ich denke an die Kommastellen der Zahl Pi. Das ist eine gute Idee.

Also: Drei Komma vierzehn fünfzehn neunundfünfzig. Dann kommt sechsundzwanzig und ...

Plötzlich wird es in meinem Schlafzimmer taghell. Allerdings schimmert es in einem grünlichen Licht. Ich fahre hoch.

Was ist denn jetzt wieder?

Vor mir tanzen Millionen an kleinen Lichtpunkten. Sehen aus wie Glühwürmchen.

Wieder erfasst mich diese Todesangst, von der ich zuvor geträumt habe. Schnürt meine Kehle zu. Sitzt auf meiner Brust wie ein böser Troll, der mir die Luft rauben will. Bildet Schweißperlen auf meiner Stirn und jagt Bilder eines Friedhofs durch mein Gehirn.

Ob ich das alles am Ende doch nicht geträumt habe? Aber eine andere logische Erklärung gibts ja gar nicht dafür.

Die kleinen grünlichen Punkte werden gelblich und formieren sich vor meinem Bett zu einer Frau in einem langen Kleid. Ihre Konturen sind etwas verschwommen.

Ich zieh mir die Decke bis unter die Nase und bibbere.

»Hau ab!«, schnauze ich sie an.

Meine Decke dämpft meinen schrillen Ton.

Bitte! Hab keine Stimme. Sag nichts und lös dich einfach in Luft auf.

»Komm. Ich zeige dir den heutigen Heiligen Abend.«

»Bleib weg!«, kreische ich, weil das unheimliche Monster auf mich zuzuschweben scheint.

»Hilfe!«, schreie ich, so laut ich kann.

Bevor ich michs versehe, schlüpft sie durch mich hindurch und wieder sehe ich mich von oben auf meinem Bett liegen. Allerdings nur meinen Kopf, der Rest ist unter der Decke. Auch dieser glänzende, seidene Faden, der von mir hinunter bis zu meinem Körper geht, ist wieder da. Er baumelt, als würde ein leichter Wind ihn sanft bewegen.

Mir fällt es wie Schuppen von den Augen: Wenn das Ding reißt, dann bin ich tot!

Dieser weibliche Troll hält mich an einer Hand und gemeinsam fliegen wir hinaus in den Nachthimmel. Wie schon zuvor sehe ich den Himmel über mir, diesmal auch Sterne. Aber auch dieses goldene Wesen an meiner Seite.

Unter meinen Füßen leuchtet die Stadt: Wien.

Mein Herz ist stehen geblieben.

So fühlt es sich an.

Unsanft lande ich in einem Zimmer.

Ist das aber winzig.

»Entschuldigung, dass ich so hereinplatze«, sage ich schnell, aber keiner nimmt von mir Notiz.

Drei junge Männer sitzen um einen Tisch. Wobei diese abgefuckte Holzplatte auf unterschiedlich hohen Beinen den Terminus Tisch gar nicht verdient. Sieht aus wie ein Schragen, den man früher in alten Tischlereien zu Gesicht bekommen hat. Die Sessel sind nicht besser. Drei verschiedene. Abgegriffen, speckig und grindig. Die jungen Burschen reden aufgeregt miteinander.

Anscheinend können sie mich nicht sehen. Das Wesen neben mir lächelt.

Die allesamt dunkelhaarigen jungen Männer, sie müssen so Anfang zwanzig sein, sitzen vor einer kleinen Kerze um den Tisch herum. Auf ihren Tellern liegen je ein Frankfurter Würstel und eine Semmel. Aber sie lachen. Sprechen etwas auf Arabisch, das ich nicht verstehen kann. Nun senken sie den Blick. Einer scheint etwas zu erzählen. Oder betet er? Die anderen falten die Hände und versinken in stummer Andacht.

Ein Ruck geht durch ihre Körper, sie richten sich wieder auf. In diesem Moment dürften sie ›Frohe Weihnachten‹ gesagt haben, denn ihre schwarzen Augen leuchten einen Tick heller und freudiger als eben noch. Sie legen einander je ein kleines Kuvert neben den Teller.

Das sollen die Geschenke sein? Jeder erhält zwei Briefchen von den anderen?

Ich beobachte ihre Mienen, während sie lesen. Mein Herz verkrampft sich.

So viel Freude spiegelt sich in ihren Gesichtern. Aber auch Traurigkeit. Leid. Die Erinnerung an Menschen, die sie lieben und denen es nicht so gut geht wie ihnen. Einer von ihnen hustet immer wieder. Die anderen sehen ihn besorgt an. Aber man sieht auch dem etwas Kränklichen an, dass er diesen Abend genießt.

Himmel! Mit einem Mal erkenne ich ihn. Das ist mein Praktikant. Daniel.

Mein Gott! Dieses erbärmliche Weihnachtsfest ist für sie etwas Besonderes? Bei uns wie lästige Ameisen behandelt zu werden, schön? Sie sind dankbar?

Ich kann nicht anders. Tränen rinnen unablässig über meine Wangen und tropfen auf den alten, dunkelblauen Strickpulli von Daniel. Er bemerkt es nicht. Aber ich kann auch keinen Schritt nach hinten ausweichen, denn da steht ein Stockbett. Daneben ein einzelnes Bett. Nur einen kleinen Kasten gibt es noch. Mehr nicht.

Diese Enge beklemmt mich, doch ich bin gar nicht fähig, mich zu bewegen. Geschweige denn laut zu atmen oder richtig laut loszuheulen.

Aber mein Herz blutet.

»Das ist ihr Weihnachtsfest?«, entfährt es mir plötzlich. Schnell halte ich mir den Mund zu.

Zum Glück hören sie mich nach wie vor nicht. Der weibliche Troll sitzt jetzt oben auf dem Stockbett und sieht mich an. Denke ich jedenfalls. Ihr langes Kleid, das sich nicht klar von der Umgebung abgrenzt, reicht beinahe bis zum Fußboden hinab. Ein billiges Laminat.

»Ja. Das ist ihr Weihnachtsfest, Carola.«

Wenigstens haben sie einen Teller voll Weihnachtskeksen in der Mitte des Tischs stehen. Finde ich tröstlich.

»Den hat Esther Daniel mitgegeben. Auch etwas Geld.«

Ich fühl mich ... bescheiden, um es mal gelinde auszudrücken.

Verwunderlich ist nur, dass dieses Wesen mich nicht unfreundlich ansieht. Ganz im Gegenteil. Eigentlich ist es ein wunderschöner Engel. Oder sie. Auf jeden Fall sieht sie exakt so aus, wie ich mir einen Engel immer vorgestellt habe. Gütig. Liebenswert. Irgendwie märchenhaft.

Dennoch.

Wut steigt in mir auf.

Muss ja nicht sein, dass sie mich hierher zerrt. Irgendein Argument brauche ich gegen sie.

»Und warum muss ich mir das ansehen? Ehrlich, die haben ja noch nicht einmal Weihnachten in ihrem Glauben.«

»Doch. Sie sind Christen. Wie du.«

»Ach echt?«

Mein Angriff ist verpufft. Aber ehrlich, so genau habe ich mich jetzt auch wieder nicht mit dem ganzen Flüchtlingsthema auseinandergesetzt. Wobei mir das mit dem Glauben völlig egal ist. Soll jeder glauben, was er will.

Der junge Mann, der bei mir arbeitet, mein Daniel, besteht nur aus Haut und Knochen, fällt mir gerade auf. Und er hustet andauernd.

Bevor ich den Engel fragen kann, was Daniel hat, antwortet er mir: »Du hast recht. Er ist krank. Schwere Lungenentzündung.«

»Für solche Fälle haben wir Krankenhäuser. Warum geht er nicht in eines?«

»Weil er Angst um seinen Job bei dir hat. Das ist alles, was er hat.«

»Um Gottes willen!«

»Nein, nicht Gottes Wille. Dein Wille, Carola.«

Könnte ich mich ins dunkle Nichts, direkt an die Seite meiner Schwester, beamen, ich würde es tun. Und zwar jetzt. Meine Wangen stehen in Flammen. Ich muss mich räuspern, so trocken ist die Luft auf einmal.

Noch nie in meinem Leben habe ich mich so sehr geschämt. Noch nie.

Nicht, als ich in der Schule dabei erwischt worden bin, bei meiner Schwester die Schularbeit abgeschrieben zu haben. Auch nicht, als ich mit ungefähr achtzehn ein Tampon nicht rechtzeitig gewechselt habe und in einem Lokal bemerkt habe, dass sich auf meiner weißen Jeans direkt zwischen meinen Beinen ein roter Fleck gebildet hat. Und auch nicht, als ich einmal Constantin einen sehr innigen Kuss gegeben habe, er aber aufgestanden ist und so getan hat, als sei ich schwer betrunken.

Das alles waren Kinkerlitzchen.

»Wird Daniel das überleben?«, frage ich beinahe tonlos.

»Nicht, wenn du so weitermachst wie bisher«, antwortet sie mit fester Stimme. Ihre grün leuchtenden Augen machen mir Angst, obwohl sie mir milde zulächelt.

Wenigstens weiß ich jetzt, dass es auch weibliche Engel gibt. Ich könnte auch die Streifen auf diesem komischen Boden abzählen. Alles, das mich ablenkt, ist mir nur recht.

Sie nimmt meine Hand, die drei jungen Männer verschwimmen und wir landen in der nächsten Sekunde mit einem Plumps neben meiner Assistentin Esther.

Das dürfte ihre Küche sein. Neu. Weißer Lack. Richtig schick.

Ich war schon ewig nicht mehr bei ihr zuhause. Sie holt gerade einen Lachs aus dem Rohr. Ihr Mann Viktor kommt ihr zur Hilfe. Die moderne Küche quillt über vor lauter Weihnachtsdeko. Aber es riecht herrlich nach frischen Vanillekipferln. Typisch Esther. Sie macht die besten.

»Danke. Geht schon«, sagt sie.

»Ich mach das«, meint Viktor.

»Na gut«, lächelt Esther.

Er nimmt ihr das schwere und heiße Backblech aus der Hand und stellt es auf eine Holzplatte. Jetzt streift er sich die feuerfesten Handschuhe ab und setzt sich an den kleinen Küchentisch.

Esther beginnt damit, den Fisch auf einer schönen Servierplatte anzurichten.

»Übrigens, ich habe Caro heute kurz im Aufzug gesehen«, beginnt ihr Mann.

Was? Wir haben uns heute getroffen? Ich kann mich überhaupt nicht mehr daran erinnern. Dabei kenne ich Viktor ziemlich gut. Früher waren wir oft gemeinsam aus. Mal nur Kaffee trinken, oft aber essen. Auch mit Caroline und Nolan. Ich kenne die beiden schon ewig.

»Sie sieht jämmerlich aus, was?«, meint Esther, die aber schwer mit dem Fisch kämpft, damit er sich nicht in all seine Einzelteile auflöst.

»Ja. Richtig verhärmt. Dürr. Wie eine alte Hexe.«

Er nimmt einen Schluck vom Wasser.

»So benimmt sie sich aber auch. Seit Lines Tod, wie du weißt.«

Wie magnetisch von diesem unheilvollen Gespräch angezogen, gehe ich näher an Viktor heran, während ich gleichzeitig meinen Bauch halten muss. Es ist, als steche jemand mit einem Messer darin herum. Sicherheitshalber, bevor ich zusammenklappe, setze ich mich neben ihn.

»Ja. Den hat sie nicht verkraftet«, fährt Viktor fort.

Ich sehe hinüber zu Esther. »Nein, hat sie nicht, und das ist tragisch genug. Da muss sie nicht noch Nina bestrafen. Ich finde es unter aller Sau, wie sie mit ihrer Nichte umgeht. Allein dafür könnte ich ihr die Augen auskratzen.«

»Wer hätte jemals gedacht, dass Caro so wird?«, meint Viktor nachdenklich.

»Ganz ehrlich: Sie schreit, sie tobt und zickt, dass einem Hören und Sehen vergeht. Wenn du mich fragst, ist sie völlig durchgeknallt und langsam habe ich keine Lust mehr, ihr emotionaler Fußabstreifer zu sein.«

»Können wir weg?«, frage ich den Engel neben mir, denn ich kann es kaum ertragen, wie meine ehemals beste Freundin über mich spricht.

Das Wesen nickt.

Im nächsten Augenblick jage ich an ihrer Hand durch den Raum. Es schneit in Wien, aber weder die Kälte noch die Schneeflocken erreichen meine Haut.

Wie Blitzlichter zeigt mir der Engel nun wundervolle Weihnachtsfeste. Fröhliche Kinderaugen bei der Bescherung. Singende Menschen, die um einen geschmückten Baum herumstehen und lachen. Alte Menschen, die dennoch das Fest der Liebe genießen. Selbst wenn es nur im Altersheim oder im Krankenhaus ist. Menschen, die in die Weihnachtsmette gehen und sich anschließend wie erleuchtet und glücklich mit anderen unterhalten.

Aber ich sehe auch verzweifelte Menschen. Direkt in meiner nächsten Umgebung. Mütter, die sich die Kosten für die Heizung nicht leisten können und eingewickelt in Decken und alten Jacken mit ihren Kindern um einen kleinen Busch sitzen, der nur mit viel Fantasie an die bombastischen Christbäume, die ich zuvor gesehen habe, erinnert.

Ich sehe alte Menschen, die sich den Tod wünschen, weil ihre Familie sie vergessen hat. Sich lieber auf einer Skihütte vergnügt oder in den Süden geflogen ist, statt sich um sie zu kümmern.

Ich sehe Frauen und Männer, die freiwillig den Dienst übernommen haben, weil sie wie ich aus ihrer Vergangenheit einen Dämon gemacht haben und die Erinnerungen kaum ertragen können. In verlorenen Momenten um ihre Liebe weinen. Sich mit Arbeit zuschütten. Verdrängen und krampfhaft vergessen. Verlernt haben, an Weihnachten und Wunder zu glauben.

Und ich sehe die, die das alles nicht müssten, ihre Lieben aber dennoch an diesem besonderen Abend allein lassen, da sie für andere da sein wollen. Geben wollen. Nicht nehmen. Egal, was auch immer es ist. Egal, welche Arbeit sie auch immer verrichten. Es sind Tankwarte und Polizisten. Krankenschwestern und Menschen bei der Feuerwehr. Rettung. In Heimen und Obdachlosenhäusern. So viele, dass sie vor meinen Augen verschwimmen.

Schämen kann ich mich seit geraumer Zeit nicht mehr, wobei mir selbst das Gefühl für Zeit abhandengekommen ist. Weinen kann ich nicht. Meine Tränen sind versiegt. Für mich selbst habe ich ohnehin schon lange keine mehr übrig.

Mein Körper fühlt sich tot an. Mein Geist ebenso.

Ich vermag nicht mehr, auch nur einen einzigen klaren Gedanken zu fassen.

Ich spüre nur, dass ich zurück in mein Bett will.

Mit aller Kraft zurück in mein Leben des Verdrängens. Des Nicht-mehr-Fühlens. Zurück in mein Leben der Sprachlosigkeit der nichtgefühlten Emotionen und der Wortgewandtheit meiner abgestorbenen Seele.

»Genug gesehen?«, fragt mich der Engel.

»Ja.«

»Okay. Dann bringe ich dich zurück in dein Schlafzimmer.«

Und da sind wir auch schon. Kurz lächelt mich der Engel an, und ich gebe zu, verglichen mit dem, was ich in mir und von mir gesehen habe, kann sie nur ein himmlisches Wesen zu sein. Denn obwohl sie mich dummerweise in- und auswendig zu kennen scheint, wirken ihre Augen nach wie vor strahlend und gütig.

Selbst ihr gelbliches Leuchten erscheint mir nun weit gefälliger. Weniger knallig als zu Beginn unseres Aufeinandertreffens. Mit einem Nicken löst sie sich in Millionen kleiner Lichtfünkchen auf. Anders als beim Dämon zuvor vermisse ich sie schon jetzt.

Irgendwie.

Das Licht verblasst.

Ich liege wieder unter meiner Decke. Alles um mich herum ist schwarz.

In meinem Kopf wehren sich meine Gedanken, von mir zu Ende gedacht zu werden.

Mir fallen die Augen zu.

Carols Blick auf kommende Weihnachtsfeste

Doch bevor mein Körper in sich zusammenfällt und mir einen traumlosen Schlaf der Erschöpfung gewährt, erscheint abermals ein Licht in meinem Schlafzimmer.

Mit einem Mal bin ich wieder hellwach.

Vor mir erscheint ein Gesicht. Es ist in der Hälfte geteilt. Die eine Seite leuchtet golden. Friedlich. Ein blaues Auge, aus dem Wärme und Liebe strahlen, sieht mich an. Aber auch gleichzeitig das zweite und rote. Ein eiskalter Schauer ergießt sich über meinen Rücken. Kalt sieht mich das große, rote Auge aus einem Gesicht an, das keines mehr ist. Es sind die Konturen eines Totenschädels.

»Was ... willst ... du?«, stottere ich.

Es entzieht sich mir, woher ich den Mut nehme, dieses Wesen überhaupt erst anzusprechen. Die Frage, warum es hier ist, würde meinen Geist explodieren lassen. Ich blende sie weg.

»Wir sind der Dämon und der Engel deiner Zukunft«, antwortet das Wesen aus seinem gespaltenen Mund. So klingt es zur selben Zeit lebensbedrohlich wie auch beruhigend.

Plötzlich bäumt sich alles in mir auf.

Nein.

Nicht mit mir.

Ich bin eine Kämpferin. Und das hier ist mein Schlafzimmer.

Mein Territorium.

Es geht nicht an, dass hier, egal wer, einfach kommt und geht, wie er will.

Ich setze mich auf.

Keine Ahnung, woher ich den Mut dazu nehme.

»Es reicht! Du hast hier nichts zu suchen! Verschwinde!«, brülle ich, aber es klingt wie das bettelnde Flehen eines brüchigen Stimmchens.

Das Wesen hat die Dreistheit, mich anzulächeln. Gütig und hämisch zur selben Zeit.

Ich kralle mich am Holzhaupt meines Bettes fest. Diesmal kenne ich die Tour und bleibe hier.

Bevor ich michs versehe, verschwindet jedoch abermals der Plafond über mir und schon finde ich mich in einem kleinen Wohnzimmer irgendwo im Ausland wieder. Woher weiß ich, dass ich im Ausland bin?

Ich weiß es nicht, ich fühle es nur.

Ruhe erfasst mich. Gebannt sehe ich auf die leicht geöffnete Türe.

Ah. Zuzana, meine Hausangestellte, kommt herein. Sie ist alt und geht gebückt.

Hab ich es mir doch gedacht. Ich bin in Tschechien.

Sie deckt den Tisch für Weihnachten, an dem bereits Katerina sitzt. Auch sie sieht verbraucht aus. Doch auch ganz zufrieden. Zumindest in diesem Moment.

»Endlich können wir Weihnachten feiern, wie wir es wollen«, sagt Zuzana leise und in gebrochenem Deutsch.

»Ja. Auch wenn wir wegen ihr alles verloren haben«, bemerkt Katerina nachdenklich und faltet andächtig eine Serviette mit kleinen Engeln drauf.

»Aber wir haben uns«, lächelt Zuzana dankbar.

»Ja, das haben wir.«

Katerina legt die Servietten neben die zwei Teller und zündet alle vier Kerzen am Adventkranz in der Mitte des Tisches an. Sie erhebt sich mit einem Stöhnen, geht auf Zuzana zu und umarmt sie.

Die beiden halten sich fest umschlungen und schluchzen.

Die Erkenntnis erfasst mich mit einer Wucht, sodass ich mich setzen muss.

Ich!

Ich habe ihnen alles genommen. All die Wochenenden, die ich sie nicht nach Tschechien habe fahren lassen. Auch nicht zu Ostern und erst recht nicht zu Weihnachten.

Ich bin schuld, dass sich all ihre Lieben ein Leben ohne sie eingerichtet haben und am Ende ihre Plätze durch andere Frauen besetzt sind. Auch daran, dass ihre Kinder mehr oder weniger ohne Mutter aufgewachsen sind und nun nicht nach Hause kommen. Kein Interesse mehr an ihnen haben.

Ich sehe zu dem seltsamen Wesen hin.

Aber ich kann nur die Skelettseite sehen.

Das rote Auge starrt mich böse an. Die Knochen seiner Hand greifen nach mir.

Nicht!

Meine Hand fährt nach hinten, aber es ist zu spät. Es packt mich und zerrt mich mit.

Mit dem nächsten Wimpernschlag sind wir zurück in Wien. Wieder lande ich in einem fremden Wohnzimmer.

Die beiden Freunde von Daniel sitzen mit ihren Familien um einen schön geschmückten Christbaum. Ich erkenne sie wieder, auch wenn sie um gut zehn oder fünfzehn Jahre älter sind. Sie sehen glücklich aus. Küssen immer wieder ihre beiden Frauen, reden mit den älteren Menschen im Raum. Kleine Kinder krabbeln quietschend am Boden und lutschen so lange an Weihnachtspäckchen, bis jemand sie ihnen wegnimmt und lachend öffnet.

Auf der Kommode hinter ihnen sehe ich Bilderrahmen.

Ich gehe ein paar Schritte näher an sie heran, um die Bilder erkennen zu können. Mittlerweile habe ich gecheckt, dass sie mich allesamt weder sehen noch hören können. Das war nur beim ersten Dämon der Fall.

Hm. Männer, Frauen, Kinder ... es sind dreizehn kleine Fotos in verschieden großen silbernen Rahmen. Jedes einzelne Bild hat eine wunderschön über eine Ecke des Rahmens gebundene schwarze Schleife. Die Menschen auf den Fotos sind allesamt tot. Gestorben in einem sinnlosen Krieg. Oder auf der Flucht.

Mein Herz setzt aus.

Eines davon zeigt Daniel. So wie ich ihn kenne. Auch er ist also tot.

Wegen mir gestorben?

An einer Lungenentzündung? Mitten in Wien? Wie sinnlos ist das denn?

Der Dämon funkelt mich an.

»Ja. Wegen dir.«

Bevor ich den Mund aufbekomme, um genauer nachzufragen, reißt er mich mit und wir sitzen in einem Altersheim.

Vor mir lehnt eine alte Frau in einem Rollstuhl und sieht teilnahmslos zum Fenster hinaus. Nichts deutet auf Weihnachten hin.

»Was hat sie denn?«, flüstere ich.

»Sieh sie dir doch genau an«, raunt er mit seiner blechernen Stimme.

Ich beuge mich so über die Frau, dass ich ihr Gesicht sehen kann.

In der Sekunde schnelle ich zurück.

»Das bin ja ich!«

»Ja. Das bist du.«

Wie ein Häufchen lebloses Fleisch hänge ich in diesem Rollstuhl. Ein Bild des Jammers. Ich kann das nicht glauben.

Ich will nicht glauben, dass mein Ende so aussieht.

»Aber meine Nichte hätte mich doch sicher zu Weihnachten zu sich geholt?«, bäumt sich mein Widerspruchsgeist auf.

Denn ich bezweifle langsam, dass das hier irgendetwas mit Weihnachten zu tun hat.

»Doch. Es ist Weihnachten. Komm.«

Mich gruselt es fürchterlich. Dieses Wesen liest meine Gedanken?

Wir schweben durch den Gang des Altersheims hinunter in einen Gemeinschaftsraum. Da sitzen sie gerade alle und singen fröhlich ›Stille Nacht, heilige Nacht‹ neben dem hell erleuchteten Christbaum.

Mir ist kotzübel.

Ich sehe mich um. Irgendwo wird es ja ein Klo geben. Ah. Dort ist eines. Ich gehe auf die Toilette zu, doch da ergreift mich ein Wirbel an heißer Luft und ich lande in einer Almhütte. Zumindest sieht es danach aus.

Nolan?

Sein brünetter Wuschelkopf ist schütterer geworden, aber er ist schlank wie eh und je. Er muss so Mitte fünfzig sein.

Mein Schwager hält eine etwa gleichaltrige Frau im Arm, die mich rein optisch sehr an meine Schwester erinnert. Er küsst sie. Am Christbaum brennen noch die echten Wachskerzen und die beiden scheinen sie zu bewachen. Zumindest werfen sie immer wieder ein Auge auf die Kerzen. Hinter dem Baum steht ein Eimer mit Wasser.

Sehr umsichtig.

Heimelig und gemütlich ist alles dekoriert. Das viele Holz unterstreicht im Schein des Kerzenlichts diesen Eindruck. Die modernen Möbel dazu gefallen mir.

Was ist denn mit mir los? Mich hat ein Skelett hierher gezerrt und ich überlege mir, ob die Möbel gut ausschauen?

Herrschaftszeiten.

In die Klänge des nächsten Weihnachtsliedes, das aus der Anlage ertönt, poltert meine Nichte in den großen Raum. Ich fühle Freude. Toll sieht Nina aus. Wie Caroline. Groß, schlank, blond. Und auch sie hat diese hübsche Stupsnase. Aber Nina hat meine dunklen Augen und nicht Carolines und Nolans helle Augen geerbt.

Mein Herz geht weiter auf.

»Schläft sie?«, fragt Nolan.

»Ja, deine Lieblingsenkelin ist nun doch vor lauter Erschöpfung eingeschlafen«, antwortet ihm Nina.

Aus ihren Augen spricht Liebe und Stolz auf ihr Töchterchen. Zu gern würde ich die Kleine sehen.

Plötzlich höre ich ein Stimmengemurmel.

»Ah, sie kommen schon von der Mette zurück«, sagt die blonde Frau an Nolans Seite.

Die Türe geht auf und eine dick vermummte Gestalt betritt den Raum.

Constantin?

Mein Herz klopft.

Ich höre aus dem Vorraum nur dunkel eine Frauenstimme, die leise lacht.

In mir fällt alles in sich zusammen.

Was habe ich mir nur gedacht? Natürlich hat auch Constantin eine Frau gefunden.

Wenigstens geht es Nina und Nolan gut, versuche ich mich zu trösten. Aber sie haben keinen Kontakt mehr zu mir. Das zerreißt mir das Herz, denn mir wird klar, dass Nina wie meine Schwester zu stolz dafür wäre, mich jemals wieder anzurufen, nachdem ich ihre Einladung ausgeschlagen habe. Sie wird mich also tatsächlich nie wieder sehen wollen.

Ich drehe mich um, denn ich spüre, dass das Wesen direkt hinter mir steht.

Vor mir steht mit einem Mal der goldene Engel. Beide seiner Gesichtshälften sind gleich. Wo ist das Skelett hin?

»Wieso?«, stammle ich.

»Frag nicht. Du hast genug gesehen, es liegt nun allein an dir.«

»Aber ...«

Gespannt starre ich in Richtung der Türe, durch die Constantin den Raum betreten hat. Ich mustere ihn und mein Herz schlägt höher. Wow. Er sieht glücklich und nach wie vor verdammt sexy aus. Er nimmt seine Haube ab und fährt sich durch seine dunklen Locken. Ich muss unbedingt wissen, wie die Frau aussieht, die am Ende sein Herz erobert hat. Doch während er sich gemütlich auf einem der großen, beigen Ledersofas niederlässt, muss sie irgendwo anders in dieser Almhütte abgebogen sein.

Leider greift der Engel nach meiner Hand.

»Sieh mit deinem Herzen, Carola.«

Mein Herz ist doch blind!

Kurz erhasche ich noch einen Blick von außen auf die Hütte. Mein Gott! Das ist die alte Almhütte von Constantin in der Steiermark.

Unzählige Male waren wir hier zum Skifahren. Damals ist es uns völlig egal gewesen, dass es keinen Strom auf der Hütte gegeben hat. Wir haben den kleinen Ofen mit Holz geheizt, ausreichend Glühwein getrunken und uns alle aneinander gekuschelt. Mittlerweile hat Constantin, wie es aussieht, ein echtes Luxusdomizil daraus gemacht.

Aber es geht nicht um Äußerlichkeiten. Ich habe sein Herz verloren. Die Chance, dass wir jemals zusammenkommen könnten, verspielt.

Vielleicht ist es meine Bestimmung, als einsame, alte Frau allein aus dem Fenster zu schauen und auf den Tod zu warten. Mag sein.

Meine Wut von vorhin lodert wieder auf.

»Sag, warum zeigt ihr mir das alles, wenn ich am Ende doch als unglückliche, alte Furie im Altersheim ende?«, frage ich das goldene Lichtwesen neben mir.

»Gott hat dir zwei Geschenke gemacht«, beginnt es, während wir uns irgendwie zwischen Erde und Himmel verlieren.

»Ach, und die wären?«

Soll mich der Engel doch gleich hier und jetzt sterben lassen.

Warum soll ich jeden Tag arbeiten gehen?

Warum all meine Kraft dafür aufbringen, dass andere einen Job haben?

Klar, ich habe Millionen verdient, aber trotzdem.

Ich habe keinen Bock mehr.

Nicht auf dieses Leben mit diesem jämmerlichen Ende.

»Die unbegrenzte Fähigkeit, zu lieben, und einen freien Willen«, antwortet es lächelnd auf meine Frage, die mir jetzt unsinnig erscheint. »Du hast also die Wahl.«

»Aber das hier sieht mir nach Bestimmung aus«, entgegne ich kampfeslustig. »Du kannst mich also auch gleich sterben lassen.«

Wenn ich wüsste, wohin dieses seidene Band verschwunden ist, das mich mit meinem Körper verbindet, ich würde es zerreißen. Jetzt.

»Nicht so voreilig, Carola. Ob tot oder lebendig, immer lebst du in jener Welt, die du dir erschaffst. Unter deinesgleichen. Das kann das Paradies ebenso wie die Hölle sein. Es liegt allein an dir.«

»Ist das dein Ernst? Der Spuk hört nie auf?«

Der Engel lächelt.

»Irgendwann ja. Aber es könnte noch einige Leben dauern.«

Bitte?

Wir landen jäh wieder auf festem Boden. Während ich mich noch orientiere, kommt der Engel auf mich zu. Ah, ich stehe direkt vor Constantin. Wieso sind wir zurückgekehrt?

Der Engel drängt sich zwischen uns und nimmt mich in seine Arme.

Licht und Liebe brechen über mich herein, wie ich sie noch nie in meinem Leben gefühlt habe. Ich taumle. Bin überwältigt.

Verstehe.

Alles.

Und gleichzeitig nur sehr wenig.

Unter Tränen nicke ich dem Engel zu.

Ja. Ich denke, ich habe verstanden.

Ich bin eine Kämpferin. Aber ich habe die falschen Ziele im Visier gehabt. Und ich habe mich verleugnet. War ein Monster und habe alles, was mich jemals ausgemacht hat, negiert. Habe Angst gehabt, an meiner Trauer zu ersticken, und sie in Gefühllosigkeit gewandelt. In Hartherzigkeit. In Unglauben an das Bessere. In Wut auf Liebe. In Hass auf alles, was magisch sein könnte.

Als würde der Engel mein Gesicht streicheln, stupst er mich und sieht mich erwartungsvoll an.

»Ich danke dir. Und all den anderen Geistwesen dieser Nacht. Sag meiner Schwester, ich liebe sie und wir sehen uns. Wo und wie auch immer.«

Der Engel lächelt zufrieden und streicht mir nun tatsächlich übers Gesicht. Wieder überflutet mich unendliche Liebe. Seine Hand ist warm und die Berührung fühlt sich heiß und tröstlich an.

Ich versinke in diesem Moment, weil ich dankbar bin. Dankbar, dass es Nolan und Nina gut geht. Dass sie wieder Liebe in ihr Leben gelassen haben. Dankbar, dass auch Constantin die Liebe seines Lebens getroffen hat, auch wenn ich es nicht bin und ich die Frau anscheinend auch nicht sehen sollte.

Vielleicht ist es auf diese Art leichter zu ertragen. Kurz fallen mir die Augen zu, denn ich muss ein paar Tränen verdrücken.

Ich schlage die Augen wieder auf und spüre meine eigene Hand an meiner Wange. Zunehmend orientieren sich meine

Augen in der Dunkelheit. Ich mache die Konturen meiner Schlafzimmerkommode aus. Schnell klatsche ich in die Hände. Das Licht geht an. Ich schnappe das Tablet. Es ist kurz nach ein Uhr.

Ich lasse mich nach hinten auf den Polster plumpsen.

Ist das alles wirklich passiert?

Gibt es das?

Engel und Dämonen?

Ja. Wunder geschehen. Ich fühle es. Ich habe es erlebt.

Aber auch ich kann für kleine Wunder sorgen.

In mir pulsiert eine Energie, die ich nicht kenne.

Okay. Soll ich gleich aufstehen oder …?

Nein. Besser, ich ruhe mich aus. Aber dann … hebe ich meine kleine Welt aus ihren Angeln.

Der Tag des Heiligen Abends

Dumpf höre ich, wie es an der Türe klopft. Was ist denn? Kommt noch eines dieser Geistwesen?

Es klopft wieder. Lauter und näher.

Oh!

»Frau Carol?«, höre ich Zuzana rufen. Ich schnelle hoch.

»Ja? Komm herein.«

Sie öffnet zaghaft meine Schlafzimmertüre und steckt den Kopf ins Zimmer.

»Es ist kurz nach sechs Uhr. Wir haben uns schon Sorgen gemacht.«

»Welchen Tag haben wir denn?«

Mein Kopf dröhnt und quillt über mit Bildern aus der vergangenen Nacht.

Mein Gott!

»Heiligabend, Frau Carol.«

Ich hüpfe aus dem Bett und gehe auf sie zu.

»Danke, dass du mich geweckt hast, Zuzana. Sonst hätte ich doch glatt verschlafen.«

Sie weicht nach hinten. Ganz offensichtlich erwartet sie ein Donnerwetter.

»Der Kaffee steht unten bereit, Frau Carol.«

Wieso ist mir noch nie aufgefallen, welchen Schwachsinn ich mir da ausgedacht habe? Frau Carol? Wer in aller Welt nennt sich in Wien so?

Sanft lege ich meine Arme auf ihre Schultern.

»Ab heute einfach Carola und du, ja?«

Sie steht da und sieht mich erschrocken an.

»Nein, nein. Keine Sorge, alles ist gut«, beruhige ich Zuzana.

Sie dreht sich kopfschüttelnd um und geht nach unten. Kein Wunder, dass sie mir kein Wort glaubt.

Ich würde mir auch nicht glauben, wenn ich sie wäre.

Ich glaube mir kaum selbst, aber ich spüre ein Licht in mir, das sich nicht ausknipsen lässt. Doch das will ich auch nicht.

Eilig laufe ich ihr nach.

Am Ende der Treppe bremse ich mich ein. Warum hängt denn unser Bild wieder an der Wand? Die Leiter ist auch weg.

»Zuzana, hast du oder Katerina das Porträt wieder aufgehängt?«

Zuzana, die bereits am Eingang zur Küche angekommen ist, dreht sich zu mir um.

»Ich nicht, wieso?«

»Äh, schon gut. Dann habe ich das wohl geträumt.«

Seltsam.

Sehr seltsam.

Ich sehe meine Schwester an.

›Und jetzt erwartest du doch sicher, dass ich alles für bare Münze nehme, was ich heute Nacht erlebt habe, oder?‹, frage ich sie in meinen Gedanken.

›Das tust du doch schon‹, antwortet sie mir.

Meine Schwester lacht mich an. Wie immer.

Mir ist bewusst, dass ich nur zwei Möglichkeiten habe. Die erste ist nicht so prickelnd, denn sie lautet: Liefere dich selbst in die Psychiatrie ein.

Ich habe Engel gesehen! Und Dämonen. Gleich drei Mal hintereinander. Bin mit ihnen durch Raum und Zeit gereist. Daran besteht für mich kein Zweifel, aber wie würde das ein Psychiater sehen? Ich tippe, er würde die Diagnose ›schwere Schizophrenie‹ stellen. Im besten Fall eine vorübergehende Psychose. Auf jeden Fall: stationär aufnehmen.

Nein. Das will ich nicht. Dafür fühle ich mich heute Früh einfach zu verdammt wohl in meiner Haut. Als wäre ich um

Tonnen leichter. Um Jahre jünger. Auf jeden Fall um die Trauer um Caroline ärmer. Denn sie ist einer Art Dankbarkeit gewichen. Vor allem aber fühle ich wieder. Und spüre mich sogar. So richtig.

Ja.

Ich bin dankbar.

Für alles, das Line und ich miteinander erlebt haben. Ich habe sie verantwortlich gemacht. Für jeden Einzelnen, mich eingeschlossen, der noch am Leben ist. Und sie dafür gehasst. Die gesamte Menschheit gehasst. Bin aus meinem Körper hinein in meine kleine gut strukturierte, logische Welt geflüchtet. Da habe ich mich wohlgefühlt. Ohne all diese Gefühle, die mir bloß Tränen und schlaflose Nächte beschert hatten.

Daher werde ich die zweite Möglichkeit mit einer Umarmung in mein Leben bitten: Ich ändere mich. Versuche all das, was ich heute Nacht erfahren habe, mit dem zusammenzuführen, was ich früher einmal war. Und hoffe, dass das Ergebnis am Ende gut ist.

Eine andere Möglichkeit sehe ich nicht.

›Danke‹, sage ich in Gedanken zu Carolines Bild. ›Ich liebe dich, aber das weißt du, nicht wahr, Line?‹

Mir ist, als zwinkere sie mir zu, doch das war jetzt pure Einbildung. Ich löse mich von unserem Porträt, auch wenn es mir schwerfällt, und folge Zuzana in die Küche. Die Gute hat auf mich gewartet.

Auf dem Stehpult mit den Barhockern wartet mein Espresso auf mich. Direkt daneben steht Katerina und checkt gerade den Inhalt des Kühlschranks. Vermutlich wegen der Feiertage. Sie wird ihn wie immer gut befüllen und sich einen Speiseplan überlegen. Katerina wünscht mir einen guten Morgen. Wie jeden Morgen.

Ich nehme auf einem der sechs Aluhocker Platz und trinke einen Schluck Kaffee, aber ich spüre, dass vor allem Zuzana sehr verunsichert ist.

»Setzt euch doch bitte kurz zu mir, ja?«

In dem Moment genieße ich ihre volle Aufmerksamkeit. Es fühlt sich an, als befinden wir uns in der Stille, die jedem Sturm vorausgeht.

Aber sie setzen sich.

Pflichtergeben.

»Ahm, also … ich kann nur sagen, es tut mir leid.«

Hui. Das ist viel schwieriger, als ich mir das gerade eben gedacht habe.

Sie starren mich an. Reagieren aber nicht.

»Na ja, ich weiß: In den letzten Jahren war ich eine verhärmte Zicke. Aber ab jetzt wird alles anders.«

Noch immer schweigen sie einträchtig. Zuzana spielt mit ihren Fingern. Katerina mit dem Kuli, den sie wegen der Einkaufsliste noch immer in ihren Händen hält.

»Gut, ich mache es kurz. Erstens: Bitte nennt mich einfach Carola und nie mehr wieder Frau Carol.«

Sie schauen sich vielsagend an.

»Zweitens: Ich stelle euch rückwirkend ordnungsgemäß zu einem höheren Gehalt an. Dann seid ihr kranken- und pensionsversichert und habt einen Anspruch auf Abfertigung, solltet ihr kündigen wollen.«

Was ich nur zu gut verstehen würde. Dass ich so oder so eine Selbstanzeige machen muss und sogar Strafe bezahlen werde, lasse ich mal lieber weg.

»Was ich nicht hoffe«, schiebe ich sicherheitshalber nach. »Und drittens: Ihr nehmt meinen Mercedes und fahrt nach diesem Gespräch nach Hause, um mit euren Lieben Weihnachten zu feiern.«

Ihnen fallen beinahe die Augen aus dem Gesicht. Kann ich ihnen nicht verdenken. Ich würde mir auch nicht über den Weg trauen. Speziell nach allem, was sie die vergangenen Jahre so alles von mir zu hören bekommen haben.

»Ach, und viertens: Ihr bekommt nachher auch gleich noch jede zweitausend Euro in bar als extra Weihnachtsgeschenk von mir und ich will euch hier nicht wieder vor Montag, dem zehnten Jänner, sehen.«

Ich atme laut aus und trinke meinen Espresso leer.

Katerina fasst sich als Erste und lacht bis über beide Ohren.

Sie drückt mich an ihren riesigen Busen.

»Danke!«

Mich zu duzen traut sie sich ganz offensichtlich noch nicht.

Zuzana verdrückt ein paar Tränen.

Ich nehme auch sie in den Arm.

»Wirklich, ich war ein Scheusal. Entschuldige bitte.«

Sie schnieft.

»Wir wissen, wie sehr Sie Ihre Schwester vermissen«, sagt Zuzana.

»Du«, lächle ich, obwohl mir ganz rührselig zumute ist.

»Ja ... du«, stammelt sie.

»Sehr gut. Also dann packt ihr einmal und ich hole das Geld und die Autoschlüssel.«

***

Die Verabschiedung von den beiden hat eine halbe Stunde gedauert, weil sie wie ein Wasserfall geredet haben. Ich bin froh, dass sie weg sind, denn mit jeder Minute ist mir noch klarer geworden, unter welchem Druck und unter welcher Schreckensherrschaft die beiden die letzten Jahre leben mussten. Und jede vermieste Sekunde ihres Lebens habe ich zu verantworten.

Ich ganz allein.

Und das tut verdammt weh.

Aber ich darf mich jetzt nicht in Schuldgefühlen verlieren.

Ich fahre die schneebedeckten Straßen entlang, auf denen trotz morgendlicher Stunde schon echt viel los ist. Auf meinem Beifahrersitz liegt aufgeschlagen die Mappe, die ich mir noch schnell aus dem Büro geholt habe. Es ist der Personalakt von Daniel, der in Wirklichkeit Abib heißt. Abib Makarios, um genau zu sein. Auch seine Wohnadresse ist hier vermerkt. Leider wohnt er auf der anderen Seite der Donau, was mich Zeit gekostet hat.

Aber hier irgendwo müsste es sein. Hausnummer acht, zehn, ah ... da ist ja zwölf. Ich parke direkt vor der Türe ein. Ein Wunder, gleich einen Parkplatz zu ergattern. Noch dazu heute.

An den Klingelschildern suche ich seinen Namen vergeblich. Ich drücke irgendwo drauf. Jemand öffnet. Super. Wobei, eigentlich unvorsichtig.

Ich nehme zwei Stufen auf einmal. Das Stiegenhaus ist dunkel, die Wände dreckig, und es stinkt. Mir fehlt der Ehrgeiz, herauszufinden, wonach genau.

Im zweiten Stock gibt es nur eine einzige Türe. An dieser läute ich.

Ein junger Mann öffnet die Türe.

Es ist Daniel. Also Abib.

»Frau Chefin? Ich bin schon am Weg.«

Er hustet und sieht mich aus eingefallenen Augen richtig erschrocken an. Also doch. Es stimmt.

»Deshalb bin ich nicht hier, Abib. Du bist krank, mein Lieber, und ich werde jetzt dafür sorgen, dass du ganz schnell wieder gesund wirst.«

Er krümmt sich kurz und ich husche an ihm vorbei in die Wohnung. Ich kann nicht anders, ich muss sie sehen.

Wahrhaftig.

Alles ist exakt so, wie ich es in der Nacht gesehen habe.

Er steht neben mir.

»Sie müssen nicht ... Ich komme schon zur Arbeit.«

»Sicher nicht. Du bist krank.«

»Ich möchte aber arbeiten«, sagt er mit fester Stimme.

Was habe ich nur angerichtet? Der Arme sieht aus, als würde ich ihn jede Sekunde erdolchen und seine Leiche ins Büro zerren.

»Wo sind deine zwei Mitbewohner?«, frage ich ihn, um kurz abzulenken. Außerdem muss ich das wissen.

Seit ich hier bin, schaut er um einiges schlechter aus.

Ob er so viel Angst hat?

»Hör mal, du brauchst keine Angst zu haben. Ihr drei könnt ab sofort bei mir einziehen. Einen Stock unter dem Büro besitze ich eine leer stehende Privatwohnung.«

»In der ... der ... Arbeit ...«, stottert er und meint damit sicher seine beiden Freunde.

»Abib, ich weiß, dass du überrascht bist. Aber ich meine es gut mit dir. Ich bringe dich jetzt ins Krankenhaus, damit du gesund wirst. Und deinen Freunden erzählen wir den Rest später.«

Einige Sekunden lang fixiert er mich mit seinen schwarzen Augen. Plötzlich leuchten sie auf.

Hat er mich jetzt gescannt?

Egal.

»Ins Krankenhaus?«, fragt er ungläubig.

»Ja.«

Plötzlich krallt er sich seinen Schlüssel, schubst mich vor die Türe, sperrt zu und rennt weg.

Ich ihm nach.

»Abib! Bleib stehen! Wo willst du denn hin?«, schreie ich, während ich ihn den Gehsteig entlang verfolge.

Aber er ist schneller.

Doch jetzt bleibt er stehen und hustet sich die Seele aus dem Leib.

Ich schließe zu ihm auf.

»Abib, ich bitte dich. Ich bezahle auch alles. Bitte lass mich dich ins Krankenhaus fahren.«

Er hat die Arme an der Brust und mustert mich.

»Nein danke. Es geht schon wieder.«

Ich stampfe mit dem Fuß auf.

Kann das so schwer sein, jemandem etwas Gutes tun zu wollen?

»Bitte, du bist ernsthaft krank«, bettle ich ihn an.

Wieder hustet er und verkrampft sich dabei.

Ich schnappe seinen Oberarm, warte, bis der Anfall vorbei ist, und ziehe ihn mit zu meinem Auto.

»Keine Widerrede, ich fahre dich jetzt ins Spital. Und ich bringe dir alles, was du im Krankenhaus brauchen wirst, später nach.«

Erst muss ich es allerdings einkaufen. Denn ich kann mir nicht vorstellen, dass in dieser winzigen Bude irgendetwas Brauchbares zu finden gewesen wäre.

»Und Sie machen das alles jetzt *warum*, Chefin?«

Ui. Ich wusste gar nicht, dass Abib so gut Deutsch spricht.

»Ehrlich? Weil ich es für mich machen muss. Ich war ein … äh … Scheusal.«

Er hustet und grinst gleichzeitig.

»Okay. Ich komme mit.«

»Gott sei Dank.«

Wir erreichen mein Auto und steigen ein. Ich brause in Richtung Allgemeines Krankenhaus los. Mir fällt gerade nur dieses Spital auf die Schnelle ein.

»Warum arbeitest du eigentlich für mich?«, frage ich ihn, um irgendwie ein Gespräch loszutreten.

»Mein Vater war Architekt. In Syrien. Und ich wollte auch Architekt werden.«

Sein Vater ist tot. Seine Mutter auch. Das muss ich nicht mehr hinterfragen.

»Wieso wollte?«

»Weil es zu teuer ist.«

»Darüber sprechen wir noch«, sage ich und biege schon in die Garage des AKH ein.

»Jetzt kümmern wir uns erst einmal darum, dass du wieder gesund wirst.«

Eine Idee schießt durch meinen Kopf und lässt mein Herz hüpfen. Abib wird Carolines erster Stipendiat. Ja genau. Ich werde eine Stiftung gründen. Geld habe ich doch genügend. Und mit der werde ich jeweils einem einheimischen und einem ausländischen Kind ein Studium ermöglichen.

Wir laufen über den Gang bis zur Anmeldung.

So, jetzt kann ich mich entspannen. Abib wird hier bestens versorgt werden, vor allem nachdem ich am Schalter nach dem Primar gefragt habe, der wiederum ein alter Freund von mir ist. Da er per Zufall um die Ecke gebogen ist und mich zur Begrüßung geküsst hat, schätze ich, Abib wird es an nichts fehlen. Das Märchen, dass in einem Spital alle gleich gut umsorgt werden, können sie sonst wem erzählen. Medizinisch glaube ich ihnen eventuell. Aber nicht was den Rest betrifft.

Sie haben Abib nun aufgenommen und ich besorge ihm unten im Geschäft noch schnell alles Mögliche. Von der Zahnpasta über ein paar Zeitschriften bis hin zu Süßigkeiten.

Um seine zwei Freunde kümmere ich mich später. Jetzt habe ich ihre Handynummern. Zuerst muss ich zurück ins Büro. Und auf dem Weg dahin im Heim von meiner Mutter anrufen. Sie weiß nicht, dass heute Weihnachten ist. Daher werde ich mir nach den Feiertagen etwas für sie einfallen lassen und sie damit überraschen. Ja. So mache ich es.

***

»Ich wollte schon eine Vermisstenanzeige aufgeben«, meint Esther schnippisch, die meinen Weg bereits in der Eingangshalle unseres Büros kreuzt.

Klingt jetzt nicht wahnsinnig besorgt, mit dem Tonfall, in dem sie es gesagt hat. Doris vom Empfang nickt kurz in meine Richtung und deutet verstohlen ein Okay. Sehr gut.

»Ja, schade, was? Aber wer kidnappt schon eine keifende Kuh wie mich?«, grinse ich sie an.

Esther stolpert über den Teppich.

»Äh ...«

»Lass gut sein, Esther. Trommle bitte in zehn Minuten alle im großen Besprechungsraum zusammen. Ich habe etwas zu verkünden«, sage ich so trocken wie möglich.

Um nichts in der Welt möchte ich ihr überraschtes Gesicht später verpassen.

»Ja. Okay.«

Sie dampft ab.

Ich nehme den Weg durch eines der Großraumbüros. Wie immer. Sie heben kurz den Kopf, grüßen mich mit einer Freundlichkeit unbestimmten Grades, um sofort wieder hinter ihren Computerbildschirmen zu verschwinden. Nicht eine einzige Kerze, nicht das kleinste Tannenzweigerl erinnert daran, dass heute Weihnachten ist. Aber ich habe vorgesorgt. Die Einzige, die ich schon während ich am Weg zu Abib war, telefonisch eingeweiht habe, ist Doris vom Empfang.

Ich gehe in mein Büro und werfe den Autoschlüssel auf den Tisch. Meine Handtasche auf den Ledersessel. Darüber meinen Mantel.

Die Stöckel meiner hohen Stiefel bohren sich in den Teppich, da ich auf der Stelle umdrehe und schon voraus in den großen Besprechungsraum gehe.

Erstaunlicherweise bin ich hier nicht die Erste.

Ich gehe an meinen Mitarbeitern vorbei und stelle mich ans Ende der langen Tischreihe. Nach und nach tröpfeln alle zur Türe herein.

Dann werde ich mal starten.

Ich muss mich kurz räuspern.

Sie werden denken, ich spinne.

»Okay. Ich danke euch, dass ihr alle hier seid.«

Beinahe vierzig Männer und Frauen sehen mich erwartungsvoll an. Ihre Köpfe rauchen. Was würde ich darum geben, jetzt ihre Gedanken lesen zu können. Die Hypothesen für diese unerwartete Zusammenkunft reichen sicher von ›Jetzt hat sie bestimmt im letzten Moment einen Megaauftrag an Land gezogen und wir können selbst die paar Feiertage knicken‹ bis hin zu ›Shit, wer weiß, was wir verbockt haben‹.

»Ich erspare euch die Hintergründe, aber ihr habt bis zum zehnten Jänner, der, wie wir wissen, auf einen Montag fällt, einen bezahlten Betriebsurlaub.«

Ein Raunen erfüllt den Raum. Statt mich anzusehen, starren sie ihrem jeweiligen Nachbarn ins Gesicht. Ich bin für sie Ausschlag. Nein, die Pest. Und das selbst wenn ich ihnen frei gebe.

Aber ich ziehe das hier jetzt durch.

»Außerdem stelle ich ab Jänner vier bis fünf zusätzliche Architektinnen oder Architekten ein, um euch zu entlasten.«

Bevor ich weitersprechen kann, klatscht Esther ihre kalte Hand auf meine Stirn. Aber sie zieht sie wieder weg.

»Sags! Sofort! Hast du einen Unfall gehabt?«, fährt sie mich an. »Weil Fieber hast du keines.«

»Nein, nichts dergleichen«, erwidere ich lächelnd.

»Glaub ich dir nicht«, konstatiert sie.

»Ich erzähl dir alles zu gegebener Zeit und in aller Ruhe, ja?«, flüstere ich ihr zu.

Das scheint sie kein bisschen zu beruhigen. Aber was solls. Ich kann mich nicht an einem Tag um alle kümmern.

»So. Das war es eigentlich schon. Ihr habt ab sofort frei. Wer direkt zur Familie will, dem würde ich gern anschließend persönlich ein frohes Fest wünschen. Wenn ihr aber noch etwas Zeit erübrigen könnt, würde ich mich wahnsinnig freuen, wenn wir auf unser Team und auf eure unglaublich tolle Leistung des vergangenen Jahres anstoßen könnten. Und ...«

Ich sehe einer und einem nach der und dem anderen direkt in die Augen, was eine Weile dauert. Aber Pausen halte ich aus.

Sie alle weniger, denn alle wirken unruhig.

»Ich wünsche euch und euren Familien ein richtig frohes Weihnachtsfest. Ihr dürft im Jänner mit einem Sonderbonus von einem Monatsgehalt rechnen. Und nun stoßen wir auf Weihnachten an.«

Mein neues Ich wird langsam richtig teuer, wenn ich darüber nachdenke.

Oh! Ich glaub, Arthur kippt gleich aus seinen Latschen. Esther ist die Einzige von allen, die sich hingesetzt hat. Aber niemand sonst zeigt eine menschliche Regung.

Doris kommt zur Türe herein. Zum Glück!

Hinter ihr acht junge Frauen und zwei Männer von der Cateringfirma. Sie tragen einen wirklich schön geschmückten kleinen Christbaum vor sich her. Tabletts mit gefüllten Sektgläsern und andere, auf denen sich Kanapees befinden.

Plötzlich klatscht einer. Ach. Horst. Wie nett. Auf die alten Mitarbeiter ist dann eben doch Verlass. Jetzt stimmen alle mit ein und rufen: »Fröhliche Weihnachten, Chefin!«

Kurz würgt es mich. Die *Chefin* werde ich ihnen nächstes Jahr abgewöhnen.

Esther steht auf und stellt sich auf Tuchfühlung vor mich hin.

»Du hast sie gehen lassen?«, fragt sie mit tränenerstickter Stimme.

»Ja. So könnte man es nennen.«

»Willkommen zurück im Leben, Caro«, sagt sie und drückt mich so fest, dass mir die Luft kurz wegbleibt.

Ich weiß jetzt wieder, warum sie früher eine meiner besten Freundinnen war. Esther sieht mit dem Herzen. Sie braucht keine großen Erklärungen.

In mein Haar hinein murmelt sie: »Ich bin so froh. Ich kann dir gar nicht sagen, wie sehr.«

Mein Herz quillt über.

»Ich auch. Danke, Esther, dass du trotz allem noch hier bist.«

Ich wische mir mit einer Hand eine Träne weg. Esther fängt sich auch wieder, schnappt zwei Gläser Sekt, drückt mir eines in die Hand und stößt mit mir an.

»Auf Weihnachten, Caro!«

»Fröhliche Weihnachten, Esther!«

Wir trinken einen Schluck, doch in der Sekunde bemerke ich, dass sich alles dreht. Daher nehme ich mir schnell zwei kleine Lachshäppchen und esse sie. Trinken auf leeren Magen geht gar nicht.

Einer nach dem anderen stellt sich bei mir an, um mir persönlich ein frohes Fest zu wünschen.

Ich fühle mich wie im Himmel. Das ist richtig schön.

Oh Gott, ich habe so ein tolles Team. So viele so unterschiedliche Menschen und Talente. Was will ich mehr?

Doch.

Ich weiß es.

Aber dieser Zug ist wohl abgefahren.

Wunder gelingen ... nicht immer

Es ist kurz nach zwölf Uhr und das Büro ist leer. Die meisten sind sofort abgehaut, wenigstens ein paar haben sich die Mühe gemacht und so getan, als wollten sie tatsächlich mit mir Weihnachten feiern. Aber ich kann es ihnen nicht verübeln und im Moment habe ich andere Sorgen.

Na ja, ein bisserl enttäuscht bin ich schon.

Tja. Dann werde ich den nächsten Punkt auf meiner geistigen Weihnachtsliste abarbeiten.

Mir ist mulmig zumute, denn das wird nun meine größte Prüfung. Dagegen war das Telefonat mit Abibs Freunden einfach. Ich habe für die zwei eine Nacht in einem netten Hotel mit einem richtig guten Weihnachtsessen bestellt und sie haben meine Einladung zwar zögerlich, aber am Ende dankbar angenommen. Auch dass sie gleich morgen unten beim Portier den Schlüssel zu meiner Wohnung übernehmen dürfen. Und sie wissen nun, dass Abib im Spital liegt, und werden ihn am Abend besuchen.

Bis hierhin hat sich alles mit ein wenig Geld und einer anderen Einstellung Weihnachten und dem Leben gegenüber regeln lassen. Aber ob das auch mit meiner Nichte klappen wird?

Es läutet schon eine Ewigkeit.

Sie hebt ab.

»Was willst du?«, blafft sie ins Telefon.

»Nina, ich ... äh ... ich wollte fragen, ob deine Einladung für heute Abend noch steht?«

Sie lacht auf. Es klingt höhnisch.

»Ah, auch schon draufgekommen, dass du heute Abend ganz allein sein wirst?«

Das hat jetzt aber ganz und gar nicht freundlich geklungen. Ich reiße mich zusammen.

»Nina, es tut mir so unendlich leid. Ich würde gern so vieles wiedergutmachen. Ich weiß, all die Jahre über war ich die schlechteste Tante der Welt. Vielleicht könnten wir heute Abend ja einen Neustart versuchen?«

»Vergiss es. Ich hab dich ohnehin nur eingeladen, weil mein Vater es wollte.«

»Ist ja egal, aber du hast mich angerufen. Und nun bitte ich dich, mit euch heute Weihnachten feiern zu dürfen.«

Zum Glück habe ich das Wort ›bitte‹ herausgebracht, ohne groß darüber zu stolpern.

Sie schweigt.

»Nicht auflegen, Nina. Bitte ...«, flehe ich in mein Handy.

Im Hintergrund höre ich eine Stimme. Nolan.

Abschätzig sagt sie zu ihm: »Ach, das ist nur Carola.«

Ich höre, wie sie sich kurz um das Telefon streiten.

»Carola?«, höre ich die tiefe Stimme meines Schwagers.

Wie lange habe ich ihn schon nicht mehr gehört?

»Ja, Nolan. Ich bin es.«

»Was willst du?«

»Ähm. Eigentlich wollte ich mich heute Abend zu euch einladen, aber jetzt wünsche ich dir und Nina einfach nur ein frohes Weihnachtsfest.«

Er schluckt. Ich weiß nicht, ob ich es höre oder spüre.

»Es tut mir wirklich leid, Caro, aber wir haben uns in letzter Sekunde umentschieden und werden nun doch nicht in Wien feiern.«

Wo denn dann?

Ich verkneife mir meine Neugierde.

»Aha. Ja. Gut. Verstehe. Kein Stress. Vor allem nicht wegen mir.«

Ich bin es nicht wert.

Mein Mut und all die Energie lösen sich in Selbstmitleid auf.

»Warte, lass mich noch einmal mit Nina sprechen. Ich weiß ja nicht, was du ihr gestern gesagt hast, aber sie ist leider richtig sauer auf dich.«

»Kann ich verstehen. Vielleicht war das auch eine blöde Idee. Feiert ihr beide doch heute in Ruhe Weihnachten. Wann kommt ihr denn zurück?«

»Morgen Abend.«

»Dann könntet ihr ja eventuell am Sonntag zu mir zum Essen kommen?«

Bitte, bitte, bitte!

Die Hoffnung, die beiden doch noch wenigstens an einem der Weihnachtsfeiertage zu sehen, hat sich groß in mir plakatiert.

Moment.

Habe ich sie in meinem Überschwang zum Essen eingeladen? Ich kann doch gar nicht richtig kochen. Zumindest habe ich keine Übung mehr und eingekauft habe ich auch nichts!

Gut. Dann muss ich eben irgendwo etwas bestellen.

»Ich schau, was ich bei ihr ausrichten kann. Aber ja. Das ist sicher entspannter als heute. Du kannst dir ja vorstellen, Weihnachten ist für uns beide immer noch eine sehr schwierige Zeit.«

Wem sagt er das.

Seit heute Nacht überhaupt.

»Ja, ich weiß. Nolan, es tut mir so leid, wie ich mich aufgeführt habe. Aber glaube mir, ich werde ab jetzt mein Bestes geben, damit wir als Familie vielleicht wieder ein Stückchen zusammenrücken.«

Ich sehe das Bild von mir selbst im Altersheim.

Nein. So will ich nicht enden. Ich muss geduldig sein. Ihnen Zeit geben. Sie haben die Engel nicht gesehen. Woher sollen sie auch wissen, dass ich eine Art Wunder erlebt habe? Dass ich mich tatsächlich ändern will?

Muss?

»Es tut gut, das zu hören, Caro. Hab ein schönes Fest. Und ich melde mich morgen bei dir, ja?«

Seine Stimme klingt jetzt viel sanfter.

»Ja. Ich wünsche euch auch ein wundervolles Weihnachtsfest.«

Bevor ich durchs Telefon heule und Nolan das mitbekommt, lege ich auf.

Wars das jetzt?

Ist das der Sinn gewesen? Zertrümmere deine Schutzschilde, damit du dich wieder einmal richtig beschissen und einsam fühlen kannst? So einsam, dass es schmerzt und dich bleischwer nach unten zieht?

Ich nehme meine Tasche und den Mantel, stell die Alarmanlage an und sperre das Büro hinter mir zu.

Vielleicht gehe ich einfach in eine Bar und lasse mich volllaufen. Mit der Idee bin ich zwar sicher nicht allein, aber mir fehlt die Kraft für irgendetwas anderes. Abib sollte ich heute nicht mehr besuchen, hat mir der Primar am Telefon erklärt. Es ist anstrengend genug, wenn seine Freunde kurz vorbeischauen, und er braucht jetzt einmal einfach nur seine Ruhe. Die Medikamente machen ihn ohnehin sehr müde.

Und zu meiner Mama kann ich heute auch nicht. Ich weiß schon jetzt, dass ich dafür sehr viel Kraft brauchen werde, und die fehlt mir im Moment. Außerdem soll es ein Neubeginn sein, der richtig schön für sie wird. Kein Vorbeihuschen, wie ich es sonst immer gemacht habe.

Ich nehme den Hauptausgang, der mir richtig fremd vorkommt. Sonst fahre ich immer direkt mit dem Lift in die Tiefgarage.

Der Gehsteig ist von frisch gefallenem Neuschnee bedeckt, denn es schneit in großen Flocken. Vorsichtig und langsam gehe ich in Richtung Kärntner Straße. Die Weihnachtsdekoration versprüht eine festliche Stimmung. Überall sind Menschen.

Punschhütten. Kleine Stände, die Weihnachtsartikel anbieten. Der Stephansdom sieht richtig schön aus.

Jeder gelbliche Lichtstrahl der hell leuchtenden Lampen, die quer über den Graben hängen, stellt einen weiteren jämmerlichen und traurigen Gedanken in meinem Kopf ins Rampenlicht. Es ist unerträglich. Wie auch all diese Menschen, die zwar gestresst, aber, wie es scheint, fröhlich ihre letzten Einkäufe nach Hause tragen. Oder sich mit anderen auf einen Punsch treffen, bevor zuhause weitergefeiert wird. All ihre Gesichter strahlen. Versprühen dieses gewisse Etwas, das es nur am Heiligen Abend gibt. Zeigen mir deutlich, dass ich wie ein Blatt im Wind auf dem Ozean des Lebens treibe. In der irrigen Meinung, der Ast, zu dem ich gehöre, wird zu mir finden. Andere Blätter, die sich von mir angezogen fühlen, werden mich umkreisen.

Du wirst allein geboren, selbst als Zwilling wie ich, und du stirbst allein. Das ist die bittere Wahrheit.

Ich sehe nach oben. Keine Ahnung, warum, aber ich stehe genau vor jenem kleinen Lokal, in dem Constantin und ich uns öfter mal getroffen haben, wenn er von irgendeiner seiner Geschäftsreisen zurückgekommen ist. Allerdings nie allein, das hat er immer zu vermeiden gewusst.

Ich öffne die Türe aus Glas und trete ein. Bis auf einen sind alle Tische besetzt. Es herrscht eine ausgelassene Stimmung.

Ich setze mich und bestelle mir einen Kaffee. Zum Nachdenken.

Kurz lausche ich den Gesprächen am Nebentisch.

Belanglosigkeiten. Und doch schwingt Vorfreude auf den heutigen Abend mit.

Nein. Das ertrage ich nicht.

Nicht heute.

Nicht nach dieser Nacht.

Der Kellner serviert mir den Espresso, ich stürze ihn hinunter und bezahle sofort. Es hilft nichts. Ich muss mich meinem Leben stellen und nach Hause in meine leere Villa fahren. Vielleicht ist sie ein wunderbares äußerliches Sinnbild für meinen inneren Zustand, an dem ich jahrelang gebastelt habe. Ich habe Zeit und Geld in attraktive Hüllen investiert und dabei vergessen, welche alten Schachteln sich im Keller verstecken. Wenns nicht so traurig wäre, müsste ich jetzt lachen.

Ich schlüpfe wieder in meinen Webpelz und trete vor die Türe.

Kurz schließe ich die Augen. Wenn ich nur den Schnee rieche, dann fühlt es sich so wie früher an. Als könne ich jetzt nach Hause fahren, oder zu Constantin auf die Hütte, und würde erwartet werden.

Constantin.

Wie gut er immer gerochen hat. Sein Parfum, das mir viel zu vertraut ist, mischt sich zum Geruch des frischen Schnees. Ob er diese Frau schon kennengelernt hat? Vielleicht feiern sie bereits Weihnachten zusammen? Möglich wäre auch, dass Nolan und Nina auf dem Weg zu ihm sind. Nolan und Constantin waren doch die besten Freunde und das sind sie sicher immer noch.

Auf der anderen Straßenseite der engen Gasse bummelt ein verliebtes Pärchen vorbei. Nein, das kann ich jetzt auch nicht haben. Ich werde die Straße stadtauswärts entlanggehen. Da komme ich sicher schneller voran, obwohl es ein kleiner Umweg ist. Ich mache einen Satz vom Trottoir hinunter auf die Straße.

Und verliere schreiend das Gleichgewicht.

Zwei Arme packen mich von hinten. Eines meiner Beine fliegt noch durch die Luft.

»Das hätte böse enden können«, schnaubt jemand hinter mir und klingt dennoch glücklich, dass er mich gerade noch erwischt hat. Irgendwie schafft der Mann es, mich wieder auf beide Beine zu stellen.

Doch sie sind wie Pudding. Ich getraue mich nicht, mich umzudrehen.

Das ist *seine* Stimme. Aber sollte sie jetzt zu jemand Fremdem gehören, plärre ich hier los.

Er hält mich noch immer an der Schulter und geht um mich herum.

Jetzt lässt er mich los und steht direkt vor mir. Mir bleibt nichts anderes übrig, als vom Boden auf- und ihn anzusehen.

»Caro?«

»Ja. Ich bin es.«

Wie eloquent von mir.

»Mein Gott, wie lange ist das denn her?«

»Zu lange«, murmle ich mehr zu mir selbst als zu ihm.

Wir sehen uns an.

Er ist keiner, der andere Menschen wahnsinnig gern berührt. Spaßeshalber habe ich ihn deshalb immer mit dem verrückten Flugzeugbauer Howard Hughes verglichen und ihn in solchen Momenten Constantin Howard genannt.

Constantin mustert mich von oben bis unten. Ein Lächeln huscht über sein Gesicht. Er macht einen Schritt auf mich zu und umarmt mich, als hänge sein Leben davon ab.

Das ... kann ... jetzt nicht wahr sein?

Oder?

»Ja, sehr lange«, raunt er, schubst mich aber geradezu wieder von sich weg. Als wäre dieser kleine Gefühlsausbruch unpassend gewesen.

Vielleicht war er es aus seiner Sicht auch? Weil er jemand anderen liebt?

Mit einem Mal ist es um meine Beherrschung geschehen. Ich weine und erzähle ihm nur, dass ich Caroline furchtbar vermisse. Die Engel und den Rest lasse ich weg. So geistesgegenwärtig bin ich noch. Während ich noch einmal kurz schlucke und seufze, streicht er über meinen Rücken. Sollte mich vermutlich trösten, dabei macht mich seine Berührung noch mehr fertig.

»Du Arme«, sagt er. »Aber ich vermisse sie auch noch immer«, fügt er leise hinzu.

Jetzt ist mir zwar irgendwie leichter, aber zugleich eindeutig schwerer, weil ich spüre, wie wenig meine Liebe für ihn all die Jahre nachgelassen hat. Im Gegenteil. Am liebsten würde ich in seinen Armen versinken und die Welt rund um uns vergessen.

Ich krame nach einem Taschentuch in meiner Handtasche.

»Hier. Nimm das.«

»Danke.«

Etwas undamenhaft putze ich mir die Nase.

»Ich muss leider«, sagt er plötzlich.

Er hätte mich auch schlagen können. Das hätte weniger wehgetan als dieser Satz.

»Ja, klar.«

Was hab ich mir gedacht? Jahrelang haben wir einander umkreist wie zwei Löwen, die demnächst übereinander herfallen werden. Und was ist passiert? Nichts.

Na ja, freundschaftliche Küsse. Tiefgehende Gespräche. Heitere Stunden – ob bei ihm auf der Hütte oder in Wien. Aber kein Kuss. Außer dem einen von mir, den er schnell ins Lächerliche gezogen hat. Keine gewollte zärtliche Berührung, die uns irgendwo hingeführt hätte.

Und vor allem weiß ich bis heute nicht, ob ich mir nur eingebildet habe, dass er ebenso in mich verliebt war oder ist wie ich in ihn.

Sieht mir jedoch nicht danach aus.

Ich streiche mir übers Gesicht. Hoffentlich klebt meine Wimperntusche an den Wimpern und nicht unter den Augen.

Er streckt mir die Hand entgegen. Ich würde sie am liebsten um meine Taille legen, aber ich schüttle sie.

Förmlich.

»Fröhliche Weihnachten, Caro.«

So wie Constantin das sagt, klingt es nach ›Baba, und fall nicht‹.

Kein Wort von wegen ›Komm, lass uns noch etwas trinken gehen.‹ oder, und das wünsche ich mir noch viel mehr, ›Was machst du denn heute Abend? Möchtest du mit mir gemeinsam Weihnachten feiern?‹.

»Fröhlich Weihnachten«, erwidere ich etwas steif.

Ich bleib wie angewurzelt stehen. Soll er doch einfach gehen. Mich hier stehen lassen. Ach, ich hasse das. Warum muss er mir denn ausgerechnet heute über den Weg laufen? Nach Carolines Begräbnis haben wir uns nur ein einziges Mal gesehen. Ich habe immer angenommen, dass er mittlerweile ausgewandert ist. Vielleicht in den USA lebt. Oder irgendwo sonst auf der Welt, wo er seine Projekte macht.

Constantin umarmt mich kurz und beiläufig. Jetzt küsst er mich auf beide Wangen und dreht sich um.

Ich sehe ihm nach, wie er die belebte Gasse entlanggeht. In Richtung Stephansdom.

Plötzlich bin ich zornig.

Warum?

Warum hat justament gestern Carolines Bild mit mir sprechen müssen? Damit hat der Wahnsinn doch erst begonnen.

Und war das überhaupt alles mehr als reine Einbildung?

Engel und Dämonen. So ein ausgemachter Blödsinn. Ich muss verdammt schlecht geträumt haben. Wie peinlich ist das denn? Kaum habe ich einmal ein paar Albträume, schon laufe ich hinaus und will mein Leben ändern? Die Welt retten? Die Magie von Weihnachten versprühen?

Ich?

Magie?

Allein dieses Wort an sich ist kein Teil meines Alltagswortschatzes. Super. Und jetzt stehe ich allein da. Mein Herz tut weh, ich fühle mich, als sei ich innerlich ausgehöhlt, und nicht einmal

Zuzana oder Katerina sind zuhause. Großartig. Meine Nichte will mich auch nicht mehr sehen. Wirklich weit hat mich der Stuss gebracht.

Constantin biegt weit vorn um eine Hausecke und verschwindet. Vielleicht für immer.

Bedächtig, damit ich nicht ein weiteres Mal hinfalle, gehe ich in die Gegenrichtung los. Mitten auf der Straße, denn hier haben Autoreifen den Schnee bereits niedergefahren. Ein zweites Mal will ich mit meinen hohen Stiefeln nämlich nicht ausrutschen.

Hin und wieder muss ich auf den Gehsteig ausweichen, weil ein Auto an mir vorbeifahren will.

Neben mir schließt eine junge Frau ihr Geschäftslokal ab. Die Brünette wird sicher demnächst nach Hause fahren. Sich mit ihrer Familie unter dem Baum versammeln und Weihnachtslieder trällern.

Die alte Stuckfassade des Gebäudes, in dem mein Büro untergebracht ist, erscheint vor mir. In manchen der Fenster hängen Lichtergirlanden. Ich will einfach nur nach Hause.

Weg von all den Menschen mit den erwartungsvollen Gesichtern.

Weg von all dem Weihnachtsklimbim, der sich so prominent an jeder Ecke in Szene setzt, dass er nicht zu übersehen ist.

Am liebsten weit weg von mir selbst.

Aber das geht ja leider nicht.

Nur Zufall?

Hinter mir hupt ein Auto. Spinnt der? Ich gehe doch bereits am Gehsteig.

Dennoch drehe ich mich um. Ein schwarzer Porsche Cayenne bleibt stehen, jemand lässt die getönten Scheiben nach unten fahren.

Constantin?

»Caro!«

Nur zögerlich mache ich ein paar Schritte auf ihn zu.

Will er mir jetzt noch ein Messer ins Herz rammen? Da wird er nicht viel Glück haben, denn da stecken schon all jene, mit denen er mich seit Jahren verletzt hat.

»Hast du etwas vergessen?«, frage ich provokant.

»Könnte man so sagen.«

Ich starre ihn an. Und? Kommt noch was, oder warum will er mich mit dieser nichtssagenden Beinahe-Unterhaltung quälen?

Mit den Spitzen meiner Stiefel schiebe ich ein wenig frischen Schnee auf ein kleines Häufchen zusammen.

Er steigt aus dem Auto und stellt sich direkt vor mich.

»Hast du heute schon etwas vor?«, will er wissen und steckt seine Hände in die Manteltaschen.

»Ja, klar.«

Eher beiße ich mir die Zunge ab, als seine Frage mit Nein zu beantworten.

»Das ist gut«, murmelt er und dreht sich weg.

Gut?

Das hier ist Folter!

»Ja. Wo feierst du denn?«, frage ich nach, weil ich nicht möchte, dass er in sein Auto steigt.

»Auf der Hütte«, meint er.

»Das ist gut.«

»Ja, nicht?«

Seinem Gesichtsausdruck nach zu urteilen, überlegt er, wie er aus der Nummer mit mir wieder herauskommt.

»Dann solltest du aber los. Immerhin musst du noch zwei Stunden fahren.«

»Ja. Du hast recht.«

Er bewegt sich keinen Millimeter. Ein Auto biegt aus einer Seitengasse und bremst sich hinter seinem ein. Die Straße ist zu eng, als dass der blaue Wagen am Porsche vorbeikäme. Nun wird Constantin wohl oder übel einsteigen und davonfahren müssen.

»Na dann, schöne Weihnachten«, sagen wir gleichzeitig.

Plötzlich lacht er.

»Das ist wie früher«, grinst er.

Stimmt. Immer wieder haben wir Anmerkungen im gleichen Wortlaut und zum selben Zeitpunkt vom Stapel gelassen und uns hinterher königlich darüber amüsiert. Nur heute bleibt mir das Lachen im Hals stecken.

Der Autofahrer hinter ihm hupt und deutet Constantin den Vogel.

»Du hättest mitkommen können«, brummt er, während er mich ein weiteres Mal zum Abschied küsst.

»Aber ich würde euch nur stören.«

Das sollte leicht und unbeschwert klingen. Hat es aber nicht.

»Euch? Nein, ich bin allein dort«, sagt er und öffnet die Autotür.

»Allein?«

Ist das mein Zeichen? Sollte ich ihm an den Hals springen und schreien: ›Ja, ich komme mit!‹?

Der andere Fahrer steigt aus und kommt schimpfend auf uns zu.

»Wissen Sie eigentlich, dass heute Weihnachten ist?«, brüllt er uns uncharmant an. Wir nicken. Schuldbewusst.

»Entschuldigen Sie«, versuche ich den Mann zu beruhigen. »Wir verabschieden uns nur noch.«

Es zeigt Wirkung.

»Und so manch einer hat noch Stress«, grummelt er weiter, aber bei weitem nicht mehr so aggressiv wie vorhin.

Geistig schicke ich den Typen in die Wüste. Hey, hier geht es um mein Leben. Mir egal, was er mit seinem Blechhaufen macht. Wozu gibt es öffentliche Verkehrsmittel? Zum Anschauen?

»Sofort!«, sagt Constantin in seine Richtung. »Komm«, meint er zu mir und greift nach meiner Hand.

Mein Herz setzt einen Schlag aus. Soll ich dem Fremden am Ende doch ein Denkmal bauen? Ihm einen Geschenkkorb vorbeischicken? Ihn umarmen und küssen?

Nein. Das wäre dann wohl doch übertrieben.

»Wohin?«, frage ich ihn und versuche meine Unsicherheit und Vorfreude wegzulächeln.

»Weg von der Straße«, grinst er.

Ich tu ihnen was. Constantin und dem Typen.

»Nur zur Info: *Ich* habe keinen Wagen, der mitten auf der Straße parkt.«

»Ein Glück für mich. Komm, steig ein.«

Das klingt doch gleich besser.

Der ungeduldige Fremde hat sich wieder hinter sein Steuer gesetzt und klebt jetzt hupend an der hinteren Stoßstange von Constantins Wagen.

»Okay.«

Ich laufe um Constantins Auto herum und steige ein.

Was bleibt mir übrig?

Die Alternative wäre vermutlich ein offenes Gefecht mitten in Wien mit dem Typen im Auto hinter uns. Andererseits sitze ich dank ihm neben Constantin im Wagen. Somit bin ich meinem Ziel eindeutig einen entscheidenden Schritt näher.

Constantin fährt los.

In meinem Kopf geht es rund. Habe ich irgendetwas verpasst oder sind das die Fakten: Er hat vor, heute allein auf seiner Hütte Weihnachten zu feiern. Er trägt keinen Ehering, demnach ist noch nichts passiert. Und er hat mich zwar nicht eingeladen, sich aber beschwert, dass ich mit ihm hätte feiern können?

Glaubt er jetzt tatsächlich, dass ich mit irgendjemand anderem den Heiligen Abend verbringen will?

»Wohnst du noch in deiner alten Wohnung?«

Ist das sein Ernst? Will er mich zu Hause absetzen und ein weiteres Mal aus meinem Leben verschwinden? Das muss ich verhindern.

»Nein. Ich habe mir ein Haus gebaut. In Hietzing«, antworte ich dennoch wahrheitsgetreu.

»Schöne Lage.«

Er sieht mich von der Seite an.

»Ich bin ganz zufrieden. Aber sag, fährst du direkt in die Steiermark?«

Irgendwie muss ich ihm die Einladung entlocken. Und zwar konkret und ausgesprochen. Die einzige Alternative, die mir einfällt, wäre platt. Mit einem Lippenstift könnte ich ihm etwas auf die Windschutzscheibe schreiben. Zum Beispiel: Willst du mit mir gehen? Ja. Nein. Vielleicht. – Zum Ankreuzen.

Dafür sind wir vermutlich zu alt, aber im Grunde ist es genau die Frage, die ich beantwortet haben will. In manchen Belangen unterscheiden sich Teenager kein bisschen von Erwachsenen.

»Ja, ich habe alles, was ich brauche, bereits im Kofferraum. Eigentlich wollte ich gerade los, als wir uns getroffen haben.«

So wird das nichts.

Dieses Gespräch mündet in einem sinnlosen Geplänkel. In diesem Moment läutet sein Handy. Constantin nimmt den Anruf direkt entgegen. Nicht über die Freisprechanlage. Seltsam.

»Hallo, Nolan.«

Aha. Mein Schwager. Jetzt bin ich aber gespannt.

»Das ist doch schön. Ihr feiert dieses Jahr also bei Agnes.«

Wer ist Agnes? Und wieso schmunzelt Constantin mich vielsagend an?

»Jaja, ich bin gerade auf dem Weg in die Steiermark.«

Klar. Kein Wort darüber, dass ich hier neben ihm sitze. Geniert er sich für mich? Das wäre dann aber doch die Höhe.

»Nein, ich werde allein feiern. Außer es passiert ein Wunder.«

Wieder schickt er mir einen kurzen Blick und zwinkert mir sogar zu.

Männer!

Er braucht kein Wunder, er müsste nur seinen Mund aufmachen und mich noch einmal fragen. Ist das so schwer zu kapieren?

Sie wünschen einander frohe Weihnachten. Constantin beendet das Telefonat.

Ich muss es jetzt wissen.

»Wer ist denn Agnes?«

»Sorry, ich habe gedacht, das weißt du.«

»Nein. Keine Ahnung.«

»Das ist Nolans neue Freundin«, sagt er in einem sachlichen Tonfall. Vermutlich will er mich nicht verletzen.

»Kennst du sie?«

»Ja, und sie ist wirklich unheimlich nett. Ich wünsche Nolan, dass es mit ihr klappt.«

Plötzlich weiß ich es. Die Frau, die blonde Frau, die mir der Engel gezeigt hat, das ist Agnes.

Ich lehne mich entspannt in den Sitz zurück.

»Keine Sorge. Das wird es.«

Constantin schickt mir einen irritierten Blick, muss sich aber gleich anschließend auf den Verkehr konzentrieren. Es ist verdammt viel los auf den Straßen, wenn man bedenkt, dass die meisten in vier Stunden die Bescherung zelebrieren werden.

Aber da sie das nicht auf der Straße erledigen wollen, haben es alle eilig und fahren wie die Berserker. So gesehen – nachvollziehbar.

Ich kann das nicht. Entweder lädt mich Constantin von sich aus ein oder er lässt es bleiben. Wie viele Krümel braucht er denn noch, um den Weg von der Hexe zurück nach Hause zu finden?

Blöder Vergleich. Er ist ja Single. Wer wäre denn dann die Hexe?

»Ich war der Meinung, du wirst mit ihnen feiern«, sagt er plötzlich.

Jetzt oder nie!

Ich werfe ihm einen ganzen Laib Brot vor die Füße.

»Nein. Ich werde allein feiern.«

»Aber du hast doch gesagt, dass du heute Abend schon etwas vorhättest.«

»Das war gelogen.«

Weiter zu lügen hilft mir hier sicher nicht weiter.

Wieder dieser seltsame Blick.

»Tut mir leid«, schiebe ich nach.

»Willst du einem alten Freund Gesellschaft leisten?«

Wobei?

Den Heiligen Abend zu feiern?

Beim Duschen?

Von mir aus bringe ich ihm Frühstück ans Bett. Doch so einfach werde ich es ihm nicht machen, auch wenn ich davon ausgehe, dass er den heutigen Abend gemeint hat.

»Aber ich habe kein Geschenk für dich.«

Jetzt lacht er laut auf.

»Caro, es wäre doch schon ein Geschenk, wenn du mit mir feierst, denn ich habe auch kein anderes Geschenk für dich.«

Mein Herz stolpert vor Freude und dennoch habe ich mit einem Mal Zweifel, ob ich mir nicht schon wieder zu viel von ihm erwarte. Was wird das werden? Zwei alte Freunde unter dem

Christbaum, die sich über ihr Leben erzählen und anschließend ein weiteres Mal auseinandergehen und auf den Zufall hoffen, der sie vielleicht in ein paar Jahren wieder zusammenführt? Das kann ich nicht. Diesmal nicht.

Doch wenn ich jetzt nicht zusage, welche Chance haben wir dann überhaupt noch? Vielleicht aber sollte es mich stutzig machen, dass ein Mann wie Constantin mit vierundvierzig Jahren nach wie vor allein ist? Heißt das, dass er beziehungsunfähig ist? Oder einfach beziehungsunwillig? Oder aber er hat versteckte Seiten, die ich noch gar nicht kenne und die mir eigentlich Angst machen sollten?

»Caro?«, unterbricht er meinen Gedankenstrom.

»Ja?«

»Kommst du nun mit?«

»Soll ich wirklich?«

Himmel, ab und zu bin ich auch gern die Prinzessin, die vom edlen Ritter gebeten wird. Ich verlange ja nicht, dass er mich auf Händen trägt.

»Wenn du willst, sehr gern.«

Constantin braucht eine Romantik-Schulung.

»Na, dann komme ich ganz spontan mit.«

Wir fahren gemeinsam auf seine Hütte! Dabei fühlt es sich an, als hätte ich einen Tag lang in den Wehen gelegen, nur um dann festzustellen, dass ich mir das Baby viel schöner vorgestellt habe, als es in Wirklichkeit ist.

Kurz berührt er meinen Oberarm.

»Sehr gut. Das freut mich.«

Ich atme laut aus. Ob es auch für mich eine Freude wird, werden wir erst sehen.

»Wir fahren bei dir vorbei, dann kannst du noch schnell ein paar Dinge packen. Passt das?«

Geistig packe ich doch schon.

»Ja, das wäre super.«

Er schweigt.

Ich gebe ihm schnell die Adresse, doch da er bereits in die richtige Richtung unterwegs ist, sind es nur mehr ein paar Minuten bis zu mir.

Wird das nun der Heilige Abend meines Lebens oder werde ich mich morgen an seiner Seite einsamer denn je fühlen?

Ich weiß es nicht.

Auch wenn mir das gar nicht liegt, ich muss es auf mich zukommen lassen.

Aber was werde ich einpacken?

Mein türkisblaues Abendkleid, das ich letztes Jahr zu Weihnachten getragen habe? Allerdings nur für zehn Minuten, denn dann bin ich mir darin blöd vorgekommen, so allein.

Oder einfach nur eine Jeans, einen Pulli und dicke Stiefel?

Reizunterwäsche?

Oh. Vielleicht mein schwarzes, spitzenbesetztes Nachthemd?

Ja. Das auf jeden Fall.

Und soll ich für ein paar Tage packen oder nur für eine Nacht?

Ich sehe mich jetzt schon meinen Schrankraum verwüsten.

Wie soll ich das in so kurzer Zeit hinbekommen?

Und welche Schuhe?

Carol's Christmas

Constantin sperrt die Holztüre der Hütte auf. Neben uns türmt sich der Schnee meterhoch, irgendjemand hat für ihn einen Weg freigeschaufelt. Er trägt beide unserer Taschen. Ich habe mich für die minimalistische Variante entschieden. Entweder es wird was, dann brauche ich kaum Kleidung, oder es wird nichts, dann kann ich auch tagelang in derselben Jeans herumlaufen. Denn dann verdient er diesen Anblick auch. Und den Geruch dazu.

»Und du hast wirklich von allen verlangt, dass sie dich Carol nennen?«

Er lacht noch immer über diese Geschichte. Während der langen Autofahrt haben wir uns gegenseitig erzählt, was wir die letzten fünf Jahre so getrieben haben. Ich bin noch am Verdauen seiner Storys. Dagegen war mein Leben öd und beschaulich.

»Ja, hab ich.«

Er grinst, öffnet die Türe, schaltet das Licht ein und deutet mir, als Erste einzutreten.

»Willkommen zurück, Carol«, schmunzelt er.

»Ich habs gewusst. Dir so etwas zu erzählen ist ein Fehler«, lächle ich zurück.

Denn das haben wir schon immer sehr gut gekonnt: einander zu necken.

»Wow! Hier ist ja alles neu!«

Auch wenn die Hütte von außen betrachtet unscheinbar wirkt, innen ist sie der blanke Wahnsinn. Nichts erinnert mehr an früher. Wobei ich aber von außen kaum etwas gesehen habe, denn in der Dämmerung und durch die Schneewechten, die sich ans Gebäude schmiegen, war ja kaum etwas zu erkennen.

Der Geruch von Vanillekipferln steigt mir in die Nase. Woher kommt dieser Duft? Constantin war schon seit Monaten nicht hier heroben, das hat er mir vorhin erzählt. Leider auch, dass ich seine Ehe mit einer Elizabeth komplett verpasst habe. Einer Grafikerin. Gemeinsam haben sie für drei Jahre in New York gelebt, aber seit fünf Monaten ist er geschieden. Er hätte sie nicht ausreichend geliebt, hat er lapidar erklärt. Was soll ich davon halten? Wenigstens haben sie keine Kinder.

Wir klopfen den Schnee von unseren Mänteln ab, hängen sie an die Haken und ziehen uns die Schuhe beziehungsweise Stiefel aus.

»Komm.«

Wie selbstverständlich nimmt er meine Tasche und geht voraus.

»Mein Gott, ist das schön«, entfährt mir, als wir das Wohnzimmer betreten. Und damit meine ich weder die urgemütliche Ledercouch noch die sonstige moderne und doch stilvolle Einrichtung, sondern den Christbaum, der in Silber, Grau- und Blautönen fix und fertig aufgeputzt mitten im Raum thront.

»Finde ich auch.«

Er stellt unsere Taschen neben dem Sofa ab.

Ich sehe mich um.

Ein schwerer Holztisch ist wunderhübsch gedeckt. Mit allem Drum und Dran. Kerzen, Engel, ein Teller voll mit Weihnachtsgebäck und ein separater mit Vanillekipferl. Ich weiß, dass er sie auch liebt.

»Wer hat denn das hierher gezaubert?«

»Meine Nachbarn. Du kennst doch den Bauernhof hinter der Hütte, oder?«

»Ja, dunkel kann ich mich daran erinnern.«

»Bärbel und Hans helfen mir, wo sie nur können. Hans hat mit seinem Ratrak den Schnee weggeräumt und Bärbel hat mir am Telefon, als ich noch in New York war, erklärt, dass es nicht angehen kann, am vierundzwanzigsten Dezember in eine leere Hütte zu kommen. Aber dass sie das so toll herrichtet, habe ich auch nicht geahnt.«

»Ich bin hin und weg. Die zwei müssen ja wahre Engel sein.«

»Sind sie. Wir werden sie später treffen, denn ich habe mit ihnen ausgemacht, dass wir gemeinsam hinüber zur Christmette gehen.«

Stimmt. Ein paar hundert Meter die Straße hinunter ist die kleine Dorfkirche. An der sind wir vorbeigefahren. Aber will ich in die Kirche? Das letzte Mal war ich zu Carolines Begräbnis in einer.

Vielleicht wird es Zeit?

»Bitte nimm Platz.«

Er geht in die Küche, die gleich nebenan ist, und kommt mit zwei Gläsern und einer Flasche Champagner zurück. Kurz macht er sich an der Stereoanlage zu schaffen, ein Weihnachtslied erklingt. ›The Little Drummer Boy‹ und ›Peace On Earth‹ in der gemeinsamen Version von Bing Crosby und David Bowie.

Dass er sich daran noch erinnert!

»Das Lied magst du doch so gern, oder?«, fragt er mich.

Nicht nur das Lied. Auch was ich sehe: In Jeans und einem weißen Hemd steht er da. Groß. Schlank. Sein dunkles, gewelltes Haar ist voll und modern geschnitten. Dieser Glanz in seinen blauen Augen versetzt mich jedes Mal aufs Neue in eine entrückte Stimmung.

»Ja. Wieder.«

Ich schnappe mir ein Vanillekipferl. Zur Ablenkung. Natürlich weiß ich schon jetzt, dass mir die Kombination aus Champagner und Vanillekipferln und vielleicht ein paar Florentinern nicht guttun wird. Aber es ist Weihnachten! Ich muss diese himmlischen Kekse probieren. Seit Jahren habe ich keine mehr gegessen. Und ich kann auch schlecht Constantin andauernd anstarren.

Er zündet die Kerzen an. Jene auf dem Tisch, aber auch alle anderen, die Bärbel großzügig im Wohn-Essraum verteilt hat. Nun dreht Constantin die Deckenbeleuchtung ab und steckt das elektrische Licht am Christbaum an. Diese Bärbel hat aber selbstverständlich auch echte Kerzen aus Wachs auf die Zweige geklipst. Die Frau gehört in Gold aufgewogen.

Ich stehe auf und betrachte den Baum.

Hier bin ich.

Mit Constantin.

In dieser märchenhaften Umgebung.

›Peace on Earth‹ singt David Bowie – und ich spüre ihn.

Es fühlt sich wie ein Weihnachtswunder an.

Und es duftet wie eines. Die Mischung aus Zimt, Vanillezucker und seinem Parfum raubt mir den Verstand.

Alles ist friedvoll und zugleich so aufregend wie lange nichts mehr in meinem Leben.

Er drückt mir einen Champagnerkelch in die Hand und stößt mit mir an.

»Merry Christmas, Carol!«

Ich klopfe ihm sanft auf den Arm.

»Lass das und sag bitte wieder Caro, ja?«

Plötzlich zieht er mich an sich.

Constantin sagt kein Wort, aber er sieht mich eindringlich aus seinen hellblauen Augen an. Die Lichter des Christbaums spiegeln sich in ihnen. Der Raum um ihn herum funkelt in sanften Blautönen und Weiß.

Mit meinem freien Arm umschlinge ich seinen Nacken und bete: ›Sag was. Sag, dass du mich auch liebst. Sag, dass du eine Beziehung mit mir willst. Bitte! Sag es.‹

Doch statt seinen Mund aufzumachen, um endlich Klarheit zwischen uns zu schaffen, küsst er mich plötzlich.

Und ich erstarre.

Da ist nicht ein Funke an Gefühl in mir.

Gar nichts.

Alles eisig und kalt.

Als wäre alles verschwunden und einer großen Leere gewichen.

Ich bin steif wie ein Brett.

Er lässt von mir ab und murmelt: »Entschuldige. Ich bin zu weit gegangen.«

Waren all die Jahre Verschwendung? Bin ich einer Fata Morgana aufgesessen? In die Idee verliebt gewesen, ihn zu lieben?

Und jetzt, wo ich die Chance habe, ist alles weg?

Zeit.

Ich brauche Zeit.

»Gib mir einfach ein paar Minuten, ja?«, flehe ich ihn an, drehe mich um und laufe zum Eingang.

Rein in die pelzgefütterten Stiefel und in den Mantel. Ich reiße die Türe auf, Schnee weht in den Vorraum. Alles ist weiß, aber darum kann ich mich jetzt nicht kümmern.

Mit einem Knall fällt die Türe hinter mir ins Schloss, ich laufe hinaus in die Nacht. Die Schneeflocken schmelzen auf meinen heißen Wangen. Mein Gesicht fühlt sich deshalb zunehmend kühler an.

Der Neuschnee knirscht unter meinen Füßen. Langsam beruhige ich mich. Körperlich.

»Line, warum? Ist das einer deiner lustigen Scherze? Wie früher? Nur damit du es weißt, das ist nicht lustig!«

Es kann nur an meiner Schwester liegen. Sie hat mir diese seltsamen Wesen geschickt. Sie ist schuld daran, dass ich gestern Nacht Knall auf Fall beschlossen habe, mein Leben drastisch zu ändern.

»Line, wofür? Nur um zu erkennen, dass mit Geld wirklich alles zu regeln ist? Bis auf Liebe? Ehrlich, dafür hätte ich deine Engel nicht gebraucht.«

Ich bin so stinksauer.

Wie kann es sein, dass ich wirklich gar nichts bei seinem Kuss gefühlt habe? Und er hat es bemerkt. Das weiß ich genau.

Ich stapfe durch tieferen Schnee. Der Weg, den wir hergekommen sind, dürfte in der letzten Stunde nicht mehr geräumt worden sein.

»Klar, jetzt hast du wieder einmal nichts zu sagen. Jetzt, wo ich dich wirklich brauchen würde, hüllst du dich mitsamt deiner Geistwesen in vornehmes Schweigen. Super. Danke. Wirklich ein tolles Weihnachtsgeschenk, Schwesterherz!«

›Jahre lang hast du auf ihn gewartet und jetzt gibst du deinen Gefühlen nicht einmal fünf Minuten Zeit?‹

Ich sehe mich um. Spreche ich schon wieder mit einer anderen Stimme in meinem Kopf zu mir selbst? Vielleicht sollte ich mich doch in die Psychiatrie einweisen? Sollen sie mir doch eine von diesen rosa Glücklichmacherpillen geben, die einen schweben und alles vergessen lassen. Ich weiß, dass sie solche haben.

Sehe ich da vorn den Engel, der mir die künftigen Weihnachten gezeigt hat?

Ich gehe in die Richtung des Lichtes. Die Umrisse des Engels erkenne ich, aber er ist deutlich schlechter auszumachen als gestern Nacht.

Durch meinen Körper zischt ein Blitz. Mir wird heiß. Mit einem Schlag ist mir klar: Zu lange war ich damit beschäftigt, meine Gefühle für Constantin zu verheimlichen. Zu verbergen. Meine Mimik zu beherrschen. Jede meiner Gesten zu kontrollieren, nur damit niemand Verdacht schöpft, ich könnte in ihn verliebt sein. Natürlich sollte er es am wenigsten erkennen.

Und jetzt? Jetzt bin ich schlicht und ergreifend überfordert. Mit ihm. Seinen Gefühlen für mich, die in seinen Augen zum ersten Mal ganz deutlich zu sehen waren. Offensichtlich kann ich meine Liebe zu ihm nicht von null auf hundert ausdrücken. Aber sie ist da. Und sie war immer da. Aber sie hat sich verängstigt in mein Innerstes zurückgezogen.

Das war der Grund?

So simpel?

Mein Körper beginnt zu prickeln. Eine schier unglaubliche Woge an Liebe durchflutet mich. Ich bleibe stehen.

Mein Herz poltert.

»Mein Gott! Alles ist richtig! ... Alles.«

Ja. Alles ist richtig.

Dass ich hier bin. Dass Constantin hier ist. Dass ich gestern Nacht diese Erscheinungen gehabt habe.

Ich spüre den Anflug seines Lächelns mehr, als ich es tatsächlich sehen kann, denn im beinahe selben Augenblick löst sich der Engel in Millionen kleiner Lichtpunkte auf und verschwindet zwischen den Schneeflocken.

›Wunder geschehen, Caro. Man muss sie aber zulassen‹, höre ich in mir.

»Engel! Line! Danke!«

Ich sehe nach wie vor in den Himmel hinauf und fühle, wie sich die Flocken sanft auf mein Gesicht setzen. Auf meinem Haar festkleben und schmelzen. Eine nach der anderen.

»Und ich liebe dich, Constantin«, murmle ich. »Immer schon.«

Plötzlich umfassen mich zwei Arme.

»Du liebst mich? Immer schon?«, brummt er leise hinter mir und ich fühle seinen warmen Atem an meiner Wange.

Ich drehe mich zu ihm um. Es ist unwichtig, wie lange er hinter mir gestanden hat und was er alles mithören konnte.

Seine Augen blicken mich voll Zärtlichkeit an.

»Ja, Constantin.«

Und du?

Aber die Antwort darauf enttäuscht mich möglicherweise mehr als dieser Kuss, auf den ich über ein Jahrzehnt gewartet habe. Vielleicht hat er sich nämlich auch eben erst in mich verliebt.

»Warum hast du nie ein Wort gesagt? Oder es mir gezeigt?«, fragt er mich und schlingt seine Arme um meinen Nacken.

Jetzt bin ich schuld? Er ist doch der Mann.

So ein Topfen. Emanzipation hin oder her, ich wollte eben Frau sein und er sollte der Mann sein. Was war daran für ihn so schwer zu kapieren?

Aber vielleicht erwarte ich schon wieder zu viel. Oder wann gesteht er mir endlich, dass auch er mich liebt?

Mein Kopf sinkt in seine Halsbeuge.

»Du wirst dich furchtbar erkälten, Caro. Komm, wir gehen zurück.«

Meine Augen dürften zugeklappt sein, denn ich reiße sie gewaltsam auf.

Nicht sein Ernst jetzt, oder?

Er nimmt meine Hand und schweigend gehen wir zurück zur Hütte.

Gibt es das? Kann man die Magie eines Augenblicks gleich zwei Mal verhauen? Erst ich, jetzt er?

Und dennoch stapfe ich beschwingt durch den Schnee. Er hält meine Hand. Das ist doch ein wunderbarer Beginn. Und wie er sie hält, das hat nichts mit Freundschaft zu tun.

Ups. Da ist seine Hütte ja schon!

Bin ich etwa im Kreis gegangen?

Ein Weihnachtswunder

Constantin hat mich sicherheitshalber duschen geschickt. Nur damit ich mir nicht am Ende eine Lungenentzündung hole. Vielleicht war es gut, denn nun habe ich meine Haare gewaschen und geföhnt, trage frisches Make-up und ein eng anliegendes, silbernes Abendkleid. Ich konnte nicht widerstehen, das Ding lässt sich klein zusammenlegen und musste einfach in meine Tasche. Samt der passenden Unterwäsche und silberner Ballerinas. Aus Platzgründen.

Ich gehe die Stiegen hinunter ins Wohnzimmer. Er spielt ein Weihnachtslied nach dem anderen. Jetzt Paul McCartney mit ›Wonderful Christmastime‹.

»Wow!«

Wir lachen, denn wir haben es gleichzeitig gerufen. Ich habe den Christbaum gemeint, denn nun brennen die echten Kerzen, was viel romantischer ist. Aber Constantin dürfte mich gemeint haben.

Langsam kommt er auf mich zu. Mitten im Raum treffen wir uns und sehen uns an.

»Du bist wunderschön.«

Kann sein, dass ich leicht rot geworden bin.

»Danke.«

Constantin streicht sanft über meine Wange. Über mein Haar.

Wir stellen uns vor den Christbaum und betrachten ihn schweigend. Ja. Weihnachten ist magisch, auch wenn ich nicht mehr ans Christkind glaube. Oder tue ich das heute mehr denn je?

Er löst sich von mir und zündet Wunderkerzen an.

In einer der silbernen Kugeln sehe ich mich plötzlich. Ich. Letztes Jahr. In diesem zauberhaften Kleid, nicht in dem, das ich gerade trage. Zurechtgemacht wie Sisi. Traurig und einsam. Nach zehn Minuten habe ich es nicht mehr ertragen, mir Jeans angezogen und bin ins Büro gefahren.

Wie jämmerlich mein Leben war!

Ich seufze.

»Caro, mir ist es all die Jahre nicht anders als dir ergangen«, meint er auf einmal neben mir.

Ich sehe in seine Augen und sinke in seine Arme. Einfach so.

Schlagartig fühlt sich unsere Umarmung völlig anders an als zuvor.

Leichtigkeit und Liebe durchströmen mich. Hüllen uns in eine goldene Blase ein. Noch tausend Mal intensiver als zuvor. Ja, sogar unbändige Freude mischt sich dazu. Und alles in mir prickelt. Will ihn.

Eng umschlungen stehen wir da.

Nichts trennt uns mehr.

Alle Barrieren sind entschwunden.

Einem Zauber gewichen.

Er muss mir nichts mehr erklären.

Worte werden überschätzt.

Das Herz spricht viel klarer, als Sätze es jemals auszudrücken vermögen.

Wir stehen da und lassen die Zeit das Ihre tun.

Lassen unsere Körper aufeinander wirken.

Unseren Atem in Gleichklang bringen.

Unsere Herzen sich einander öffnen. Vorbehaltlos.

Als habe er den perfekten Soundtrack für uns gewählt, erklingt Celine Dions weiche und doch kraftvolle Stimme. Sie singt ›These are the special times‹ und sein weißer Hemdkragen wird feucht.

Von meinen Tränen?

Er hebt mein Kinn an und dreht mein Gesicht, sodass ich ihn ansehen muss. Was für ein Anblick! Seine Augen leuchten und hinter ihm sprühen die Kerzen.

»Weißt du, es hat durchaus Momente, Zeiten in meinem Leben gegeben, da habe ich es nicht gewusst. Vielleicht irgendwie vergessen gehabt. Doch nun bin ich mir sicher: Ich brauche dich, Caro. Schon immer.«

Und im nächsten Moment versinken wir.

In einem Kuss, der sich auf ewig in mein Gedächtnis brennen wird.

In Gefühlen, die lodern und uns zugleich sanft wiegen.

In unserer Wahrheit, die sich in all ihrer Schönheit zeigen darf. Nach Jahren der Dunkelheit.

»Ich liebe dich«, hauche ich Constantin ins Ohr.

»Ich liebe dich«, raunt er zurück.

Mein Gott! Das ist mein Weihnachtswunder. Und es ist magischer, als ich es mir jemals erträumt habe. Dass ich diesen Satz hören darf. Von ihm!

Wir beginnen zu tanzen.

Seine Hände sind überall und doch führt er mich.

Wieder wechselt die Musik.

Prince?

Wir tanzen weiter zu ›Slow Love‹.

»Nimm dir alle Zeit der Welt«, sagt Constantin leise.

»Jetzt brauch ich sie nicht mehr«, lächle ich ihn an.

Und ich weiß, dass sich in meinen Augen alles widerspiegelt:

All meine Liebe für ihn.

All das Licht, welches seit gestern Nacht in mir und durch mich hindurch scheint.

Unsere Lippen suchen einander.

Finden einander.

Liebkosen einander.

Mein Körper brennt.

»Mir fällt ein, eventuell hätte ich doch ein Geschenk für dich«, flüstere ich Constantin zu. Die Kerzen am Christbaum brennen, das wäre dann doch der perfekte Zeitpunkt für die Bescherung, denke ich.

»Ach ja?«

Seine Augen leuchten wie die eines Kindes auf, das eben das Christkind gehört hat.

»Ich hoffe, du magst es. Fröhliche Weihnachten«, sage ich und streife im Takt zur Musik mein Kleid ab. In der Hoffnung, dass dieser Moment genau das bringt, was er nun ist, habe ich diese Spitzenunterwäsche angezogen.

Mit großen Augen sieht er mir zu.

»Bist du sicher?«

»Ja, ganz sicher. Aber den Rest des Geschenkes musst du schon selbst auspacken.«

»Das werde ich«, raunt er. »Stück für Stück, Liebling.«

Ich liebe Constantin.

Und ich liebe Weihnachten.

Niemals hätte ich gestern Abend damit gerechnet, wo ich mich heute befinden werde, und vor allem nicht damit, dass ich heimgekommen bin.

Heim zu mir.

Zurück in eine Zukunft mit der Liebe meines Lebens.

Wir landen auf seinem Sofa. Der Schein der Kerzen, dieser Song, das Glänzen in seinen Augen und seine Hände, die mich zärtlich berühren.

Nichts dürfte anders sein. Es ist perfekt.

Ich ergebe mich meinen Gefühlen und ohne mein Zutun schaltet sich sogar mein Kopf aus und genießt.

Jede seiner Berührungen.

Sein sinnliches Lächeln.

Die Liebe, die in seinen Augen scheint. Tausend Mal heller und intensiver als in all meinen Träumen.

***

Constantin küsst mich auf die Stirn. Jetzt auf den Mund.

»Können wir?«

»Ja. Ich bin fertig.«

Eingemummt in meinen unechten Pelzmantel, einen echten würde ich nie tragen, in eine Wollmütze, einen Schal und mit Fäustlingen stehe ich an der Türe. Ich trage wieder die Jeans von vorher, alles andere wäre grob unvernünftig.

Auch er ist in eine dicke Daunenjacke eingemummelt, trägt eine Haube am Kopf und Handschuhe.

Wir treten vor die Hütte. Es schneit noch immer.

Ein paar Meter vor der Haustüre schnauben zwei Pferde.

»Nicht wahr, oder? Wir fahren mit einer Kutsche zur Christmette?«

Romantischer gehts ja nicht mehr.

Ein Mann springt von der Kutsche und kommt uns entgegen. Er hat ebenfalls eine Mütze auf, ein rundliches Gesicht und ein stattliches Bäuchlein. Aber er ist mir auf Anhieb sympathisch. Die Männer begrüßen sich herzlich. Das ist also Hans. Der Mann von Bärbel, seiner Nachbarin hier.

Constantin bedankt sich bei ihm für das Schneeräumen und nun auch bei Bärbel für die unglaubliche Weihnachtsüberraschung. Sie ist ein kleines, brünettes Persönchen, die aussieht, als könne man mit ihr Pferde stehlen. Dass sie eine Wahnsinnsköchin ist, weiß ich bereits. Sie hat uns doch glatt auch einen Weihnachtsbraten mit Rotkraut und Kartoffeln ins Rohr gestellt. Ich bin noch immer pappsatt. Diesen Abend werde ich nie mehr vergessen. Constantin und ich vor dem Christbaum. Unser erstes Mal, das zärtlicher und intensiver nicht hätte sein können. Nach dem Essen haben wir laut, falsch, aber mit umso mehr Begeisterung ›Stille Nacht, heilige Nacht‹ mitgesungen.

Einfach unvergesslich.

Ich fühle mich ihm so nah, dass ich vor Glück ununterbrochen schreien könnte.

»Bärbel, Hans, darf ich euch vorstellen: Das ist Caro. Meine Freundin.«

Meine Freundin?

Ich vermute, ich grinse von einem Ohr zum anderen.

Die beiden fallen mir einfach um den Hals und küssen mich auf die Wangen. Auch ich bedanke mich aus vollem Herzen für das zauberhafte Weihnachtsfest, das sie uns bereitet haben. Bärbel und Hans winken ab. »Das ist doch selbstverständlich«, meinen sie.

Also in der Welt, die ich sonst so kenne, keinesfalls. Aber da sie es so meinen, wie sie es sagen, und das spüre ich deutlich, bin ich dankbar, dass es auf diesem Planeten noch Menschen wie diese beiden gibt.

»Wie schön, dass du hier bist! Herzlich willkommen bei uns, Caro«, sagt Bärbel.

Moment.

Der Tisch war für zwei Personen gedeckt gewesen, fällt mir gerade auf.

»Ich danke dir sehr, Bärbel. Ähm ... hast du jemanden erwartet gehabt?«

Sie packt mich unter dem Arm und schleift mich in Richtung Kutsche.

»Erwartet nicht, aber gehofft. Er war ja zuvor noch in Wien und so wie er immer über dich gesprochen hat, na ja, da habe ich halt gehofft, dass ihr beide ...«

Mir verschlägt es die Sprache. Von allen Menschen, die uns umgeben haben, hat sie es geahnt? Sie, die mich noch nicht einmal getroffen hat?

»Und gut wars«, beendet sie lachend meine Schweigeminute. Ja. Ich kann ihr nur beipflichten.

Wir setzen uns in die Kutsche und beginnen zu quatschen, als wären wir seit Jahren befreundet. Hans steigt vorn auf. Constantin lächelt mir zu, setzt sich jedoch zu ihm, und ich sehe, wie sie sich einen Schnaps aus einem Flachmann genehmigen.

Die Pferde trotten gemächlich los und immer wieder klingelt es, denn sie tragen Schellen am Zaumzeug. Ich krieg mich gar nicht mehr ein. Kichere und rede mit Bärbel wie ein aufgeregter Teenager.

»Wir nehmen den längeren Weg durch den Wald«, erklärt mir Bärbel.

»Von mir aus den ganz langen über den Mond«, lache ich.

Diese Kutschenfahrt ist ein Hammer. In eine dicke Decke gemummt, sehe ich zu, wie die verschneite Winterlandschaft an uns vorüberzieht. Irgendwo an dieser Kutsche müssen Lichter montiert sein, denn sie strahlen die Bäume rechts und links des Weges an.

Das ist so unwirklich.

Unwirklich schön.

Immer wieder sehe ich zu Constantin, der sich auch alle paar Minuten zu mir hin umdreht. Wir lächeln uns an. Oh Gott, ich liebe diesen Mann.

Wir kommen an der kleinen Dorfkirche an.

Da stehen schon ein paar Leute im Freien. Jemand schenkt Glühwein an einem kleinen Holztisch aus. Alle lachen und reden.

Ich stehe auf und will aus der Kutsche steigen. Constantin war schneller und steht vor mir. Mit weit geöffneten Armen. Ich springe in seine Arme. Er fängt mich auf und küsst mich.

Hans breitet dicke Decken über die Tiere und macht die Zügel an einem Holzpfosten fest.

Für einen Glühwein haben wir keine Zeit mehr, denn die Mette beginnt gleich. Wir folgen der kleinen Gemeinde ins Innere der Kirche.

»Die ist aber schön.«

Vorn ist ein traumhaft schöner Altar. Komplett in Gold. Überall stehen Gestecke und auch ein Christbaum.

»Ja, das ist sie«, flüstert Constantin zurück. »Meine Lieblingskirche.«

Ab heute ist sie auch meine.

***

Die Mette war stimmungsvoll und rührend. Diese kleine Schar an Menschen, die sich seit Kindheitstagen kennen, hat mich akzeptiert, als sei ich eine von ihnen. Das habe ich allein Constantin zu verdanken, denn ihn dürften sie in ihr Herz geschlossen haben. Jeder ist mit ihm per Du und er kennt all ihre Vornamen und, wie es sich angehört hat, auch sämtliche familiären Zusammenhänge.

Die meisten haben die Kirche bereits wieder verlassen. Ich gehe noch zur Krippe.

›Danke‹, sage ich in Gedanken zum kleinen Jesuskind.

Ich zünde eine Kerze an.

›Ich liebe dich und hoffe, wo auch immer du bist, dass es dir gut geht‹, sage ich zu meiner Schwester.

Constantin umarmt mich an der Hüfte.

»Die war für Caroline, oder?«

»Ja. Aber ich weiß, dass es ihr gut geht.«

Seine Augen werden feucht.

»Das ist schön zu hören.«

Kurz schlage ich ein Kreuzzeichen, dann zünde ich noch zwei weitere Kerzen an. Für meinen Papa und meine Oma.

Es fühlt sich gut an.

So richtig.

Übermorgen werde ich meine Mutter im Heim besuchen. Ja. Ich werde ihr einen netten Nachmittag bereiten. Auch auf die Gefahr hin, dass sie das alles gar nicht checkt. Und anschließend hoffentlich einen versöhnlichen Abend mit Nina und Nolan verbringen. Constantin wird dabei sein. Ich habe ihm alles erzählt.

Er sieht noch immer auf die Krippe.

»Das ist der wahre Geist von Weihnachten«, sagt er unvermittelt und lächelt dabei.

»Ja, und jener der Wunder.«

Er küsst meine Hand und wir verlassen schweigend die Kirche.

Vor der schweren Holztüre herrscht lautes Treiben. Alle wünschen einander fröhliche Weihnachten. Wir tun es ihnen gleich.

Hans winkt uns zu, denn die Pferde stehen bereit.

Diesmal setzt sich Bärbel zu ihrem Mann und Constantin zu mir.

Ich kuschle mich zu ihm.

Er umschlingt mich und hält mich einfach nur fest.

Oh Gott!

Die Frau, die mir der Engel nicht gezeigt hat, war eindeutig ich!

Mein Herz hüpft.

Das ist der Beginn von *für immer*.

Und ich bin mir sicher, dass sich mit seiner Hilfe auch meine Beziehung zu Nina und Nolan einrenken lassen wird. Ganz bestimmt. Morgen rufe ich sie noch einmal an. Dann wird sich alles zum Guten wenden.

Wir genießen die Kutschenfahrt schweigend, aber ich schwöre mir selbst, ich werde alles tun, diesen Zauber von Weihnachten von nun an hochzuhalten und meine Umgebung daran teilhaben zu lassen.

Was wäre diese Welt ohne Liebe?

Ohne die Magie von Weihnachten?

Ich weiß es, und ich will das nie wieder erleben.

Nicht nach diesem Heiligen Abend.

Nicht, nachdem ich Engel gesehen habe.

Und schon gar nicht, nachdem ich verstanden habe: Ich habe das Christkind gesehen. Christus' Sohn. In der Krippe. In den Engeln. Das ist die Wahrheit hinter allem.

Die Dämonen waren meine. Die haben damit nichts zu tun.

All diese Gedanken und Einsichten werde ich morgen mit Constantin teilen. Heute feiern wir und ich werde ihn fragen, ob wir nicht Bärbel und Hans noch in seine Hütte einladen können. Das wäre wirklich wunderschön.

»Ja. Ich möchte sie auch gern einladen«, flüstert er mir zu.

»Woher weißt du, dass ich gerade darüber nachgedacht habe?«

»Es ist mir einfach durch den Kopf geschossen.«

Ich küsse Constantin.

Der Engel der diesjährigen Weihnachten ist eng an meiner Seite.

»Ich danke dir«, flüstere ich in die Nacht und in den Himmel.

›Bewahre dir nur deinen Glauben‹, höre ich ihn antworten.

Und das verspreche ich.

Denn er hat mich hierhergeführt.

In die Arme jenes Mannes, den ich liebe.

In ein neues Leben, das ich heute begonnen habe.

Und in einen inneren Frieden, den ich nie mehr missen möchte.

Jahrelang war ich die Eisprinzessin im türkisblauen Kleid. Wunderschön angezogen am Heiligen Abend, aber am Ende verloren. All mein Erfolg und all mein Geld konnten nichts daran ändern. Aber jetzt weiß ich es: Weihnachten ist nicht einfach nur ein Tag. Den Geist von Weihnachten das ganze Jahr hindurch im

Herzen zu tragen, das ist der Sinn des Lebens. Wunder geschehen, aber man muss sie sehen wollen. Und jeder von uns kann
kleine Wunder vollbringen. Nicht nur am Heiligen Abend.

Abib fällt mir ein. Ich hoffe, dass es ihm besser geht und er
mein Angebot, auf meine Kosten zu studieren, annehmen wird.
Das wäre unglaublich schön.

Ja, es ist höchste Zeit, dass wir Menschen Wunder wieder
in unser Leben lassen. Das ist der Spirit von Weihnachten und
wenn wir uns etwas bemühen, dann wirkt er das ganze Jahr über.

»Wie konnte ich all die Jahre vergeuden?«, murmelt Constantin.

»Vielleicht war es gut so? Nun haben wir uns. Vielleicht nicht
nur in diesem Leben?«, lächle ich ihn an.

»Das denkst du?«

»Ich wünsche es mir auf jeden Fall.«

»Ich mir auch.«

Mein Kopf fällt an seine Schulter. Es hat aufgehört zu
schneien. Im Licht des Mondes wirkt der Wald noch schöner.
Die Schellen der Pferde bimmeln und ich weiß, dass mein Leben
von nun an so funkelnd sein wird wie die Sterne über uns.

ENDE

Danke!

Liebe Leserin oder lieber Leser!

Ich danke Ihnen von Herzen, dass Sie meine Weihnachtsgeschichte gelesen und hoffentlich genossen haben!
Nun kann ich nur hoffen, dass Ihnen mein modernes Märchen gefallen hat und Sie Lust haben, mir ein paar Zeilen als Rezension zu hinterlassen. Das würde mich riesig freuen! Denn ich lese alle Rezensionen und sie sind immer wieder eine große Motivation für mich, auch weiterhin moderne Märchen zu schreiben.

Überhaupt finde ich es als Autorin immer wieder berührend und schön, mich mit meinen Leserinnen und Lesern austauschen zu können.

Folgen Sie mir direkt auf den Social Media oder abonnieren Sie meinen Newsletter auf www.miramorton.com und ab sofort sind Sie auf dem neusten Stand über meine Bücher, Hintergrundstorys und Gewinnspiele. Treten Sie auch gerne direkt mit mir in Kontakt auf Facebook.
Ich freue mich auf Sie!

Ein riesengroßes Dankeschön möchte ich wie immer an jene Menschen schicken, die alle meine Bücher unterstützen, testlesen, den Plot mit mir diskutieren, extra wegen mir zur Frankfurter Buchmesse reisen und noch vieles mehr. Ohne sie wäre Mira Morton nur eine Idee in meinem Kopf.
Ute Z., Marion J.-O., Sue D., Vero S.-T., Gabi R., Sabine C., Kirsten H., Verena S., Janos R., Yvonne R., Manon Z. und viele, viele andere. – Ich liebe euch!

Natürlich braucht eine Geschichte auch Korrektorat und Lektorat. Diesmal hat mich die liebe Martina mit ihrem Feedback zu Tränen gerührt! Du bist einfach unglaublich, meine Liebe. In allen Belangen. Und eine ganz besondere Umarmung geht auch an meine Testleserinnen, die in Wahrheit Korrektorinnen sind, die es wirklich sehr genau nehmen und sehr viel freiwillige Arbeit in dieses Buch gesteckt haben: Gabi, Sabine, Sandra, Sonja, Sue, Vero und Ute!!!

Eine besondere Umarmung geht an zwei meiner lieben Freundinnen hier in Österreich: Alice und Marion. Danke für alles und dickes Bussi!

Immer wieder rühren mich Blogger/innen und meine Leser/innen mit ihren wundervollen Rezensionen und Beiträgen zu meinen Büchern zu Tränen. Es gibt da einen Kreis an Prinzessinnen und Prinzen, die einfach aus meinem MIRAversum nicht mehr wegzudenken sind! Was wäre mein Hoffest ohne euch? Ich drücke euch alle ganz fest und hoffe, ihr seid auch weiterhin an meiner Seite! Brigitte, Carmen, Caro, Gabi, Isa, Petra, Sabine, Sandra, Sonja, Sue, Ute, Vero!!!

Ein Danke auch an alle, die mit mir regelmäßig auf Facebook kommunizieren, mich unterstützen, meine Bücher kaufen und lesen, meine Beiträge liken und teilen – was wäre ich ohne euch?

Wer einige meiner Romane gelesen hat, weiß, dass immer wieder eine Szene im *Pronto da Salvo* in Wien spielt. Salvo hat mir schon bei meinem ersten Roman das Vertrauen ausgesprochen, je nach Lust und Laune sein tolles Lokal als Schauplatz in meine Geschichten einzubauen. Ich umarme dich dafür! Tja, es könnte sein, dass Carola genau in diesem Lokal gelandet ist :-) Und es könnte auch sein, dass Sie mich hier antreffen: *Pronto da Salvo*, Spiegelgasse 2, 1010 Wien.

Wenn Sie also mehr über unseren verrückten Kreis wissen wollen oder darüber, wer meine Allstars sind, vielleicht auch, was unser Hoffest ist, dann kommen Sie gerne zu uns ... in unsere Facebook-Gruppe namens MIRAVERSUM. Hier sind alle meine Prinzessinnen und Prinzen versammelt.

Diese Novelle zu schreiben, war für mich eine unglaublich schöne Erfahrung. Ich danke Ihnen für die Zeit, die wir gemeinsam verbringen durften, und allen um mich herum, ob Gott, Engel oder Menschen, für ihre Liebe und Inspiration!

Es hätte schon ausgereicht, nur der Esel gewesen zu sein.
Denn der Esel konnte alles in Ruhe beobachten.
Die Ankunft der Familie und die Geburt dieses Kindes.
Seinen ersten Schrei und den Stern, der mit einem Mal heller leuchtete, als es der Esel jemals gesehen hatte.
Die Demut der drei Weisen, in der sie sich vor das Kind hinknieten.
Die Engel, die mit einem Mal sichtbar wurden.
Der Esel wusste nicht viel, aber er ahnte: Dies ist eine einmalige und heilige Nacht. So sehr ihn das auch alles bewegte, es hinderte ihn nicht daran, sich dann doch einmal umzudrehen, um sich nach ein paar Grashalmen zum Fressen umzusehen. Wunder und das normale Leben, wie wir es uns vorstellen, gehören zusammen und behindern einander in keiner Weise. Davon zumindest war der Esel überzeugt, während er schmatzend dem Treiben im Stall wieder seine volle Aufmerksamkeit widmete.

Mit diesen Zeilen wünsche ich Ihnen und Ihrer Familie
ein gesegnetes, besinnliches und dennoch fröhliches
Weihnachtsfest!

Ihre
Mira Morton

Quellennachweise

Diese Novelle sowie sämtliche Charaktere darin sind frei erfunden, aber sie basiert auf Motiven von Charles Dickens' ›*A Christmas Carol.*‹

Originaltitel: ›*A Christmas Carol in Prose, Being a Ghost-Story of Christmas.*‹ Erstmals im Dezember 1843 mit Illustrationen von John Leech veröffentlicht.

Zur Einbettung der Geschichte in die Realität habe ich Namen von Institutionen, Marken, Firmen, Sehenswürdigkeiten, Locations etc. erwähnt. Hier ein Auszug:

Wien: Stephansdom, Kärntner Straße, Am Graben (der Graben), Allgemeines Krankenhaus Wien (AKH)

Marken: Mercedes, Porsche Cayenne, Ratrac

Spiel: Mensch ärgere dich nicht

Des Weiteren habe ich Songs und deren Interpreten genannt:

›*Stille Nacht, heilige Nacht*‹ von Franz Xaver Gruber (Melodie) und Joseph Mohr (Text). Uraufgeführt 1818. Von der UNESCO als Immaterielles Weltkulturerbe in Österreich anerkannt.

›*Peace on Earth/Little Drummer Boy*‹: Erstveröffentlicht als gleichnamige Single 1982 von David Bowie und Bing Crosby. Geschrieben von David Bowie, Larry Grossman, Ian Fraser, Buz Kohan, Katherine K. Davis, Henry Onorati, Harry Simeone. RCA Records.

›*Slow Love*‹ von Prince aus dem Album ›Sign O' The Times‹, 1987. Geschrieben von Carole Davis und Prince Rogers Nelson. Universal Music Publishing Group.

›*Wonderful Christmastime*‹: Erstveröffentlicht als gleichnamige Single 1979 von Paul McCartney. Geschrieben von Paul McCartney. Parlophone, Columbia.

›*These Are the Special Times*‹ von Celine Dion aus dem gleichnamigen Album, 1998. Geschrieben von Diane Eve Warren. Universal Music Publishing Group.

All dies rundet meine Geschichte ab und bettet sie in eine Realität ein, die Sie und ich kennen, auch wenn es dennoch ein Märchen ist.

www.miramorton.com

Email: principessa@miramorton.com

Instagram: @mortonmira

Facebook: www.facebook.com/MortonMira